LEONARD AU FOND DU CAFE

Yannick Billaut

Conception graphique de couverture:

Christophe Lemoine

ISBN-10: 1534672842
ISBN-13: 978-1534672840
Prix: 12€
Dépot legal Juin 2016

Merci à Lili et à Christophe.

A mon père et à mon Léonard….

I

J'ai fait le tri dans les CD. J'ai viré trois ou quatre robes que je ne supportais plus. Trois en fait. J'ai rangé les courriers encore sous enveloppes qui s'accumulaient sur le petit guéridon : une remise de 5% chez le coiffeur, une lettre de rappel EDF, ma nouvelle carte de demandeuse d'emploi, des petites vignettes de l'UNICEF et une pub pour Canal SAT. Ensuite, tout en écoutant la voix mélodieuse et profonde de *Diana Krall* sortie tout droit de la vieille mini-chaîne hi-fi, je me suis postée à la fenêtre. J'ai allumé une cigarette, le soleil dans les yeux. Ça sentait l'été en cette fin mai. J'ai recraché profondément la fumée pour ne rien laisser dans mes poumons. Pour faire comme si. Pour souffler de tout et de rien. J'entendais déjà gueuler le Père André, le vieux con d'en face, parce qu'une bagnole était encore garée devant son garage. Pas moi cette fois.

Vers 9H00, en claquant la porte de l'appartement, je me suis rendu compte que je n'avais toujours pas embarqué la poubelle. Une fois de plus. Sur le trottoir, j'ai reconnu tout de suite cette odeur des beaux jours. Sorte de mélange de pain frais, de végétal et d'air gorgé d'une douce tiédeur. J'adore ça. Je ne m'en lasse pas. Jamais. C'est le meilleur moment de l'année. Le seul. Précieux et rare. Tout le reste, c'est pour passer le temps. Juste histoire de rendre cette époque irremplaçable. Deux, trois peut-être, belles et lumineuses semaines, propices à tout ou incitant au rien.

Comme tous les matins ou presque, je me suis assise à la terrasse de chez Didier. La terrasse de « *L'Improbable* ». C'est le nom de son café. Un nom qui sonne comme une invitation. Un jour je lui ai demandé pourquoi « *L'Improbable* ». Il m'a répondu que pour un ancien comptable, tout droit débarqué de Thionville, ouvrir un bar à cinquante balais au beau milieu du Var, dans cette petite ville de Brignoles, ça paraissait impossible. Alors voilà. « *L'Improbable* » c'est ça. J'adore ce café. J'y passe une heure ou deux, plusieurs jours par semaine. Depuis presque dix-huit mois. Avant cela, je le fréquentais déjà. Mais moins assidûment. Seulement depuis ce satané chômage, j'ai le loisir d'y passer le plus clair de mes débuts de matinée.

Je m'appelle Ombretta. Je ne suis pas italienne. J'ai vingt-cinq ans. Vingt-six en octobre. Je suis sans emploi. Je vis seule et j'habite Brignoles.

II

Je suis une vraie cafetière. Alors j'enfile les cafés. Noirs sans sucre. En observant les va-et-vient de la place Caramy. J'aime cette place. Sa fontaine « champignon », ses terrasses ombragées, ses réverbères à l'ancienne. Je suis tombée amoureuse de Brignoles dès que je m'y suis installée avec ma mère et mon frère, juste après la séparation de nos parents. J'avais quinze ans. J'ai pourtant terminé ma scolarité à Draguignan, faisant de moi une interne, ne rentrant que les week-ends. Internée, voilà, c'est tout à fait le terme. J'avais tout de l'internée dans ce bahut, ce sanctuaire de l'éducation nationale que j'ai toujours vomi. Alors, à seize ans et dix-huit jours exactement, j'ai mis fin à cet enfermement, je me suis libérée de cette camisole scolaire. Trop aliénante pour moi. Trop chimique, trop nocive.

La galère des petits boulots à la con a commencé : les vendanges ou la récolte des fruits en tous genres à la saison, le baby-sitting, les remplacements à tire-larigot, caissière et manutentionnaire en supérette, auxiliaire de vie pour petits vieux, femme de ménage de chaîne hôtelière, promeneuse de chiens et dernièrement, aide-vendeuse dans une petite librairie. Ce dernier poste a duré plus de deux ans. « *L'Encrier bleu* » à Hyères. J'en garde encore un souvenir doux et heureux. Ce n'est pas parce que j'ai arrêté l'école très jeune, sans diplôme, que je suis une inculte ou une bonne à rien. J'ai toujours aimé les livres. J'ai toujours lu. C'est d'ailleurs la seule chose qui m'ait nourrie ces dernières années. Et Monsieur Lartigue- Victor pour les intimes- le patron de « *L'Encrier bleu* », l'a compris tout de suite. Seulement, en deux ans, ses affaires ont copieusement chuté. Les livres numériques, les jeux vidéo, les tablettes et compagnie, tout cela a éloigné le client. Alors, un jeudi matin, quand j'ai vu sa mine déconfite en arrivant à la librairie, j'ai compris tout de suite. On a rarement besoin de me faire un dessin. On a gratté encore quelques semaines et puis, la mort dans l'âme, notre chouette tandem a pris fin. Il m'a dit : « Je suis triste Ombretta.

Je suis triste parce que cette réserve à trésors sur laquelle tu veillais si bien va se sentir très seule sans toi. Tu es une gardienne de livres extraordinaire. Une gardienne de phare. Tu es comme ces héroïnes de littérature à l'ancienne. Forte, fragile, secrète, entière et généreuse tout à la fois. Moi aussi je vais me sentir orphelin Ombretta. Si jamais les gens se remettent à vouloir découvrir toutes ces pépites cachées, ces histoires merveilleuses coincées au milieu de toutes ces pages, je t'appelle aussitôt et on repart comme en quarante… »

On se téléphone une fois par mois et j'y passe de temps à autre. Mais je ne suis toujours pas redevenue la gardienne du phare aux livres…

III

« Tu peux me remettre un autre café, Didier, s'il te plaît ? »

9h30. Et déjà trois cafés. Faudrait que je pense à filer un relevé d'identité bancaire à Didier. Ce serait plus simple.

Donc maintenant, je suis chercheuse. Chercheuse d'emploi. A la con. J'ai bientôt vingt-six ans et j'ai passé plus de temps à chercher du boulot qu'à en trouver. Finalement chercher du travail c'est peut-être un vrai métier au fond. C'est ma bonne mère qui se fait des cheveux blancs et un sang d'encre. A chaque fois, entre deux périodes dans le creux de la vague, elle me dit :

— Qu'est-ce que tu vas faire maintenant ? Tu ne veux pas faire une formation ? Apprendre un vrai métier ? Ombretta, je me fais du souci pour toi…

Voilà ce qu'elle me dit à chaque fois. Faut dire que ma mère est une angoissée de nature. Une superstitieuse, une stressée, une peureuse. Mais une gentille aussi. Son monde s'est effondré quand mon père est parti. Sa vie s'est volatilisée. Sa propre vie. Alors elle s'est investie dans celle de ses enfants. Mon frère, Hugo, vingt ans depuis peu et moi. Il a fallu redémarrer de zéro à Brignoles. Elle a été forte, incroyablement forte, surprenante d'autant de force même. Elle aurait pu s'écrouler comme une merde, partir en sucette, tomber dans la dépression, se foutre en l'air aussi. Mais non. Elle a serré les dents, souri à ses enfants, tenu la baraque, porté la culotte, relevé le défi, le coup du sort, cette saloperie de destin. Et on a tous grandi encore. Mais je sais aussi qu'elle a versé des millions de litres de larmes, chaque soir, chaque nuit, au fond de son lit, quand je percevais ses sanglots étouffés sous la porte de sa chambre, quand je constatais ses yeux rougis du matin. Son visage s'est creusé au fil des mois, ses traits se sont tirés, sa peau s'est craquelée et ses cheveux ont blanchi.

Et moi, je continue encore aujourd'hui à accélérer cette nouvelle teinte de cheveux.

— Tiens Ombretta. Va falloir te mettre au décaféiné !

— Merci Didier. J'y penserai.

Il est gentil Didier. Je l'aime bien. Il ne la ramène jamais, c'est un gars simple et chaleureux. Il n'est pas d'ici, comme moi, et il le sait. On sera toujours des pièces rapportées. Mais il a su se faire apprécier de tous. C'est un type bien.

— Ombretta ? Comme c'est joli ! C'est italien, non ?

Une dame blonde d'une soixantaine d'années flanquée probablement de son mari m'avait interpellée. Le couple s'était installé à la table d'à côté. Je n'avais même pas fait gaffe.

— Oui c'est ça. Italien.

— C'est vraiment très joli ! Et vous le portez bien. Vous pourrez féliciter vos parents !

— Merci, c'est gentil…

Des touristes sans doute. Des gens que je n'avais jamais vus. Elle semblait sympa mais certainement du genre envahissante. Ça se sent. Je n'oserais pas moi, balancer ce type de remarque même si c'est gentil. Faut avoir envie ou besoin de se pencher systématiquement sur les autres, les observer du coin de l'œil, chercher le moindre détail pour démarrer la conversation. Non, vraiment, c'est pas mon truc. Et ça n'avait pas l'air d'être celui de son mari non plus tant il paraissait gêné des commentaires de son épouse.

Ombretta, c'est un cadeau de mon père. Je le porte comme un fardeau. Pourquoi il n'a pas choisi un prénom passe partout ? Moi j'aurais adoré m'appeler Marie ou Lucie ou…Sophie même ! Un truc en « ie », simple, efficace. Comme il a beaucoup, beaucoup voyagé, il a sorti celui-là de son chapeau, de l'un de ses nombreux séjours aux quatre coins de la planète. Il avait dix-neuf ans, il a passé deux en ans en Italie, près de Rome. Il disposait d'une vieille chambre de bonne dans une vieille maison tenue par une vieille bonne femme. Une de ces Mamas habillées tout en noir comme en deuil permanent. Mais une personne fascinante, racontait-il, dure à l'extérieur mais d'une bonté sans faille quand on grattait le vernis. Une femme aux mille visages, aux mille histoires. Une femme qui s'appelait Ombretta…

Je n'ai pas revu mon père depuis qu'il a quitté maman. Je n'ai plus voulu parce que je n'ai pas compris, je n'ai pas accepté. Je sais qu'il est parti pour une autre. Je sais aussi que mes parents se parlaient beaucoup moins avant leur séparation, qu'ils se voyaient mais ne se regardaient plus, qu'ils habitaient sous le même toit mais vivaient côte à côte. Ça je le percevais. Mais partir comme ça, avec si peu de mots pour nous, ses enfants, si peu d'explications, si peu de compréhension, je ne l'ai pas digéré. Mon petit frère le voit régulièrement. Moi, je l'ai eu au téléphone pour la dernière fois il y a trois ans, pour un truc à la con. Ce fut très court. Ce fut suffisant.

IV

Tourneur-fraiseur en intérim, attaché commercial en assurances H/F, auxiliaire de vie à mi-temps en CDD…

Aujourd'hui encore, les offres de jobs faisaient rêver. J'ai lâché le téléphone portable et le site de pôle emploi qui allait avec. J'ai relevé la tête et j'ai regardé autour de moi. Les deux compères Lucien et Jean étaient attablés à leurs places habituelles. En pleine séance de pronostic pour le tiercé-quarté-quinté+ de cet après-midi. Lucien m'a regardée en me disant : « on bronze ? »

Je lui ai fait un signe du pouce. Je les aime bien ces deux-là. A les regarder, on a le sentiment que la vie est simple et facile. Ça fait plaisir. Habituellement, je croise aussi Fabienne, la coiffeuse, qui vient avaler son crème avant d'ouvrir le salon. Et puis Paul, un type rigolo qui bosse dans le bâtiment. Il est carreleur ou plaquiste, un machin comme ça. Il est tout petit, on dirait un jockey. D'ailleurs les autres le surnomment régulièrement « *Prix d'Amérique* ». C'est bête mais ça me fait souvent sourire. « *Il est pas là Prix d'Amérique ?* » « *Oh ! Prix d'Amérique ! Qu'est-ce que tu bois ?* » « *J'ai croisé Prix d'Amérique, il était à la bourre…* »

Puis il y a aussi Christian, un ex-parisien, informaticien à la retraite. Toujours à évoquer les faits d'actualité, susciter les débats, rechercher les avis. Sans offenser les autres, il ferait presque figure d'intello.

Et d'autres encore, des fidèles, des réguliers. Gisèle et son petit chien qui ne la quitte jamais, une espèce de bichon maltais laid comme un pou. Un gars que tout le monde appelle Nono dont je n'ai jamais entendu le son de la voix. Un type pas méchant mais qui n'a pas l'air d'avoir tout son kilo. La femme de Didier, Martine, timide comme pas deux mais douce comme une peau de pêche et souriante du lundi au dimanche. Plein de gens auxquels je me suis habituée depuis tous ces mois, des visages familiers qui rythment désormais mes matinées.

Léonard, lui, il m'a tout de suite fait fondre. Quand j'ai commencé à fréquenter assidument « *L'Improbable* », on a rapidement échangé quelques bricoles. Un « Bonjour, il va faire beau aujourd'hui », un « Y'a du monde au marché ce matin ! » ou un « Ah une bonne cigarette en terrasse… ». Trois fois rien mais trois fois rien qui créent des liens. Tous les matins, il tente son pari au tiercé. Et chaque lendemain, je me fais un malin plaisir de lui dire : « Alors Léonard, on a touché le jackpot ? ». Mais il ne gagne jamais et s'en excuserait presque. Léonard, c'est un discret éveillé. Il est la gentillesse incarnée. D'humeur égale été comme hiver, toujours le petit mot délicat, la main posée sur l'épaule avec affection, le geste doux, la parole rassurante et le regard pétillant. Un véritable gentleman. Oui, Léonard c'est tout cela à la fois. Et hormis en période estivale où il pointe son nez à la terrasse pour déguster son petit expresso serré, Léonard on peut le trouver au fond du café, à côté du distributeur de chips et de cacahuètes. La même place. La sienne. Léonard, ses cheveux poivre et sel, sa démarche mal assurée, son éternel gilet en laine torsadé, ses baskets Adidas et ses soixante-dix-neuf printemps…

V

Ce soir j'ai reçu un appel de Mathieu. C'est mon petit ami. Enfin…c'est plutôt compliqué. Mathieu, il rêve de vie à deux, d'une jolie petite vie de couple sous le même toit. Il rêve d'engagement, de cercle doré au doigt, d'enfants et de labrador. Il rêve de petits matins sous la même couette, de plats mijotés et de vacances à l'Ile de Ré. Voilà, ça c'est Mathieu. On se chamaille depuis deux ans, depuis le début. On s'engueule, on se retrouve, on s'attache, on se délie, on pleure et on rit. Voilà, ça c'est pour le compliqué. Moi, je n'y arrive pas. Depuis mon évasion de l'internat, puis du nid familial, il ne m'est plus possible d'imaginer un univers de choses bien rangées, impossible de me glisser dans ce schéma traditionnel, de jouer la partition parfaite. J'ai besoin de ma solitude. J'ai besoin de me sentir libre, de me savoir libre.

Je l'aime Mathieu. Je crois. Mais ce n'est pas une raison nécessaire et suffisante pour en faire une vie à deux. Ça se saurait si ça se passait toujours comme ça. Alors pour le moment, on compose, on improvise, on conçoit. Je fais des efforts. Il fait son possible. Parfois, on part quelques jours à deux sur la côte. Il vient passer le week-end chez moi ou l'inverse. On rend visite à ses parents et on fait coucou à ma mère. On bidouille un je-ne-sais-quoi de couple, on cherche les bons moments et on apprivoise un peu les autres. Enfin…surtout moi. Alors ce soir au téléphone, ce fut encore délicat :

— On pourrait au moins se voir ce week-end. Thibaut fait une soirée chez lui. Genre auberge espagnole, chacun ramène un truc. Il a aussi invité Nath et Fred. On pourrait y passer.

— Non Mathieu, sincèrement, ça me dit rien. Vas-y toi, tu me raconteras.

— Tu plaisantes ou quoi ? Je vais pas y aller tout seul comme un con. Pourquoi on se verrait pas ce week-end, t'as prévu des trucs ? Tu veux pas me le dire ?

— Mais non Mathieu, j'ai rien prévu. C'est pas ça. J'ai juste envie d'être seule, de bouquiner, d'écouter de la musique, de traîner en pyjama. Juste ça.

— Et tu veux pas que je vienne ?

— Ben…non… J'ai juste besoin d'être au calme, toute seule. Ne te vexe pas, hein ? Ça n'a rien à voir avec toi, tu sais…

Le silence s'est installé.

— Mathieu ? T'es là ? Tu dis rien.

— Bon. Appelle-moi quand t'es dispo. Et on verra. Salut

Je suis restée un long moment assise sur le rebord du lit, le téléphone à la main, plongée dans un silence total. Je m'en voulais un peu. Je sais que c'est le genre de choses que Mathieu n'arrive toujours pas à comprendre. Je sais que ça l'agace, que ça lui paraît absurde, inconcevable. Pourtant, c'est moi. Ce besoin incompressible de préserver mon jardin secret, mon espace personnel, indépendamment de tout, c'est moi.

J'ai griffonné deux trois trucs dans mon carnet. Des humeurs, des envies, des images. Des choses sans importance. Comme à chaque fois. Je me suis fait une soupe chinoise, j'ai mis un Chet Baker et me suis installée sur le canapé. D'abord en tailleur puis, une fois le bol vidé et posé à même le sol, je me suis allongée en chien de fusil et j'ai dormi. Longtemps

VI

Nouveau matin. Nouveau soleil. La douche m'avait fait du bien. Se réveiller subitement à 3h00, au beau milieu de la nuit, recroquevillée dans son canapé, à moitié engourdie, se hisser ou ramper jusqu'au lit pour tenter de retrouver le sommeil, ça ne vous permet pas de vous lever avec la mine resplendissante et l'humeur des plus joyeuses. Alors oui, la douche m'avait vraiment fait du bien. Et le premier café aussi. Et la première cigarette aussi.

J'ai pris mon carnet et j'ai écrit machinalement ces trois lignes :

« *Songe d'une nuit débridée sans l'été*

Et la tête ensevelie sous le sable des rêves

Sans la fièvre, sans un cri, sans désir »

Je suis descendu chez Didier, squattant de bon matin la terrasse de mon « Improbable ». Journal des petites-annonces et téléphone portable sur la table bistrot, de part et d'autre de mon petit noir sans sucre. Fabienne était déjà là qui terminait son crème, la clope au bec.

— Putain je suis à la bourre. J'ai pas encore ouvert le salon. Mais j'ai la flemme. Vraiment pas envie ce matin…

— Ben n'y va pas…

— Ah tu en as de bonnes, toi ! Et je dis quoi à mes mamies, moi, hein ?

— Ben qu'aujourd'hui, pas de shampoing, pas de couleur, pas de mise en plis. La tenancière se met au vert ! Faudra revenir demain…

— Ah…si seulement c'était possible… Bon allez, je file. A plus ma belle.

— Ciao Madame Brushing !

Elle est rigolote Fabienne. Elle s'offusque d'un rien, elle sourit pour un oui ou pour un non. Elle est adorable.

Au bout de trois cafés mon téléphone a sonné. Hugo, mon frère qui proposait de s'inviter à l'appartement ce soir pour manger un morceau. J'ai accepté. Je l'adore mon petit frère. Il a traversé nos turbulences familiales autrement que moi. Avec plus de recul, de distance ou de nonchalance. Ou peut-être a-t-il vécu les choses plus intérieurement, plus intimement. Il n'a jamais rien dit à ce sujet mais il a peut-être tout autant morflé lui-aussi. On en parle peu. On n'en a jamais vraiment parlé au fond. Je m'en veux parfois de ne pas lui avoir demandé, préoccupée par mes propres sentiments, envahie par mes réactions violentes et entières. Lui c'est un calme, un gentil. Quelqu'un qui ne fait pas étalage de ses émotions, de ses pensées profondes. Il vient manger ce soir et je suis contente.

Quelques minutes plus tard, j'ai vu Léonard garer sa vieille 205 avec difficulté. Je l'ai remarqué de loin. Il est sorti de sa bagnole en boitillant. Face à moi, il m'a souri. Comme d'habitude. Je lui ai demandé :

— Bonjour Léonard. Ça va ?

— Bof, m'a-t-il dit en faisant un couci-couça de la main.

Il semblait fatigué. Il respirait fort, peinait à reprendre son souffle sans pour autant avoir fait un effort particulier. Juste sortir de sa voiture et faire cinquante mètres à pied. Il m'a fait de la peine. Je sentais qu'il prenait beaucoup sur lui pour donner le change. Avant de renter pour s'installer au fond du café, il m'a dit :

« *Etre jeune, c'est penser savoir. Et être vieux, c'est savoir penser* »

Avant d'ajouter :

« *Ne jamais oublier, Ombretta. Se souvenir. Toujours se souvenir…* »

Je n'ai pas bien compris pourquoi il me disait cela. Je n'ai pas su quoi lui répondre alors je lui ai souri. Lorsque Didier est venu me servir mon quatrième café, je lui ai dit que celui de Léonard était pour moi. La matinée s'est terminée comme ça.

***

Hugo est grand. Grand et longiligne. Il a les cheveux au carré, tout ondulé. Il est beau. Il est gracieux, aérien. Oui vraiment, il est très beau. C'est normal, c'est mon petit frère. Il a déboulé vers vingt heures avec une bouteille de pinard. Un Pommard. Il s'y connaît en vin mon frangin. Il s'est installé dans le canapé en posant les deux verres de rouge sur la table basse. Puis il m'a dit d'un bloc :

— Je vais peut-être partir en Australie. Bon, c'est pas encore fait, hein. Mais c'est du sérieux, un vrai projet.

Je suis restée sans voix, les yeux écarquillés. Il m'a fallu quelques secondes pour lui balancer :

— Et tu me dis ça comme ça. Cash. C'est quoi ce plan ? Qu'est-ce que tu irais foutre en Australie, d'abord ?

— Romain. Tu sais mon pote Romain ? Son cousin bosse là-bas depuis bientôt quatre ans. Il a ouvert deux magasins de location et peut-être bientôt un snack. Il loue des planches de surf, des VTT, des scooteurs… Bref, son affaire se développe à mort. Il va embaucher. Il en a parlé à Romain et Romain m'en a parlé. C'est trop cool, non ?

— Ouais, trop cool… Mais ce serait pour quand cette histoire ? Et la fac?

— Ben ce serait sans doute pour cet été. A confirmer. Et la fac, ben, je pourrais sauter une année. C'est pas la mort.

— Non. C'est pas la mort…

— Hé, tu vas répéter ce que je dis à chaque fois ?

— Et maman, t'en as parlé à maman ?

— Non, pas encore…

— Et à lui ?

— Lui c'est papa ? Alors appelle-le papa, merde. Oui.

— Et ?...

— Il trouve ça super.

— Forcément, ça m'aurait étonnée.

Je ne savais plus quoi dire. Mon petit frère, c'est mon petit frère. L'imaginer à l'autre bout de la terre, pfff… Impossible. Non, ce n'était pas envisageable.

— Putain Hugo, tu fais chier merde ! Pourquoi ? T'es bien ici, t'as tous tes potes, tes copines du samedi, t'es logé, nourri, blanchi chez maman. C'est chouette, non ? C'est quoi le problème, hein ?

— Mais arrête, y'a pas de problème ! C'est une super occasion, c'est tout ! L'Australie, t'imagine… Un truc de dingue ! C'est comme aller aux States ! C'est top ! Et je pars pas pour la vie, ça va, faut se détendre…

— Ouais ben désolé, je vais pas me détendre tout de suite. Là, maintenant, comme ça, j'ai plutôt les boules, tu vois. Ah merde ! Tu me saoules avec tes projets à la con !

J'avais envie de chialer. J'avais envie de lui sauter dans les bras, de lui dire :

« Reste. Reste avec moi. Viens habiter ici. Ne pars pas. Ne t'en vas pas. Serre-moi fort petit frère. »

J'avais envie de le poser sur mon cœur, de revenir en arrière, quand je lui lisais ses histoires de pirates, tous deux blottis dans son lit, sous les draps, avec la lampe de poche. Envie de sentir encore l'odeur du shampooing dans ses cheveux, de lui frotter sa petite morve qui lui coulait du nez, de sécher ses larmes après ses chutes de vélo, de lui refaire mille fois les lacets, d'aller lui chercher ses boules coco préférées. Je voulais encore qu'il vienne m'emmerder aux toilettes, qu'il me balance ses flèches d'arbalète, qu'il me demande de l'accompagner au football même sous la pluie, de l'aider à remonter la fermeture de son petit blouson, de répondre à son sourire d'enfant par mon sourire de grande ado à la con. Oui, j'aurais aimé que tout cela recommence, qu'on reparte pour un tour.

Mais voilà ce soir-là, plus que jamais, j'ai réalisé que mon petit frère avait grandi…

VII

Le lendemain, je ne suis pas passée par « *L'Improbable* » mais par ma banque. Un rendez-vous avec ma conseillère pour ce fameux découvert à répétition. Stérile comme rencontre. Elle, me proposant un petit prêt pour renflouer une bonne fois pour toutes mon compte en berne et moi, refusant cette hypothèse par allergie à toute offre bancaire mais n'envisageant aucune autre alternative. Alors, elle m'a mise en garde comme on fait la leçon de morale à un enfant, un truc débilitant au possible. Histoire d'asseoir une fois encore ce fameux droit absolu dont dispose une banque sur vous : le droit de vie ou de mort.

En sortant de là, pour me calmer, je suis allée m'acheter un jeans et la petite robe prune que j'avais repérée depuis un moment…

L'après-midi, j'ai répondu à une annonce pour un poste d'hôtesse d'accueil au sein d'un grand groupe d'assurances et j'ai passé le reste de la journée à ressasser le voyage australien de mon petit frère.

Quand je suis descendue le jour suivant pour mon traditionnel café chez Didier, malgré le soleil magnifique et sa lumière douce et enveloppante, j'ai senti qu'un truc se passait. Tout le monde tirait la tronche. Des visages crispés, des attitudes fermées parmi mes habitués. Lucien et Jean les turfistes et Christian, les regards perdus, Martine sans sourire, d'une déconcertante tristesse. Je n'ai pas saisi tout de suite. Pas saisi parce que je n'avais jamais connu ça. Parce que je ne savais pas comment ça se passait en pareil cas, d'habitude. Mais y avait-il seulement une habitude ?

Didier, qui m'avait vu m'installer, est venu me porter mon petit noir, la mine confite. Et moi, comme une imbécile, de balancer pour déconner :

— Dis donc, vous avez tous perdu quelqu'un ce matin ou quoi ?

— …C'est…c'est Léonard… Il est décédé hier soir…

— Ah merde… C'est pas vrai, c'est pas possible… C'est…c'est arrivé comment ?

— D'après Lucien, il a fait un malaise avant de se coucher. On l'a retrouvé au pied de son lit…

— Oh putain…

J'ai échangé trois mots avec les autres. Le choc, l'émotion, la surprise nous avaient tous atteints. Nous avaient tous éteints. Je suis remontée chez moi. Sonnée, vidée et gagnée soudainement par une profonde tristesse…

VIII

Ma soirée fut morose. Impossible de penser à autre chose qu'à la disparition de Léonard. Penser à la mort, à l'autre qui disparait. Qui n'est plus et ne sera plus. Jamais. Cette soudaine impression, ce constat brutal me donnait le tournis. Bien sûr, on croit toujours connaître les ficelles de la mort, de l'absence définitive, irrémédiable. Pourtant, ce processus d'irréversibilité est effroyable, à chaque fois.

Pas d'appétit ce soir. Le goût à rien et plein d'images qui trottent dans la tête. Comme de vieilles photos. Je revois Léonard, sa démarche mal assurée, son tricot torsadé. Je ressens encore sa main posée délicatement sur mon épaule et ce parfum d'eau de Cologne qui flottait dans l'air après son passage. Moi aussi, ce soir, je flotte dans l'air comme cette eau de toilette, un peu perdue, évaporée.

Comme un départ, une fuite à jamais
Etirer le temps, au cœur s'en imprégner
Ravaler l'eau salée de la gorge irritée
L'air du soir, ce lourd crépuscule tombé
Que plus personne ne relève.

J'ai refermé mon carnet, allumé une cigarette. J'ai jeté mon regard par la fenêtre, le faisant courir sur le trottoir tiédi par la chaude journée, le perdant dans le recoin d'une porte cochère ou le cognant contre le rideau de fer du commerce fermé. Trois jeunes sont passés en se chamaillant, la fille au milieu des deux garçons. Elle a passé sa main dans l'épaisse chevelure de l'un, comme pour le taquiner. Et l'autre s'est écarté sur la route, les abandonnant comme à regret à leur jeu puéril mais qui tout à coup leur appartenait. Un léger écart, juste un pas de côté, marquant inconsciemment le retrait, sans doute définitif, d'une possible complicité. La belle semblait avoir choisi et cet autre venait de le comprendre. A l'instant même où cette main caressa les cheveux. A l'instant même où son pied gauche quitta la bordure du trottoir et toucha la route déserte. Juste un écart de quelques centimètres en signe de renoncement.

Vendredi à 10h, on enterrera Léonard.

IX

Je ne suis pas particulièrement croyante. Pas vraiment même. Mais paradoxalement, j'ai toujours aimé les églises. J'aime le lieu. J'aime ses odeurs. Mais j'aime les églises, chapelles, cathédrales et basiliques vides. Oui, j'aime quand j'y suis seule, entourée par le silence intrigant ou troublant. J'aime y flâner, m'y glisser comme une étrangère. Parcourir les allées, traverser les rangs, m'attarder dans ses recoins et lever la tête pour scruter ses voûtes et observer ses vitraux. Cela faisait un bail que je n'avais plus mis un pied dans une église. Et ce retour, je le devais à Léonard, ce vendredi, à 10h. Une occasion comme une autre. Mais une occasion de merde pourtant…

Il y avait un peu de monde. Lorsque je suis arrivée, les premières rangées étaient déjà prises. Tant mieux. Dans ces moments-là, je préfère rester en retrait, présente mais discrète. J'ai cru apercevoir Lucien et Jean aux avant-postes. Martine et Gisèle au loin. Fabienne, toujours à la bourre, s'est installée à mes côtés. Oui, il y avait un peu de monde, ces visages que l'on croise tous les jours, sans trop y prêter attention. D'autres anonymes aussi peut-être. Un peu de monde mais en vérité...il n'y avait pas foule. On ne jouait pas à guichet fermé. A peine une demi-église. Je n'ai pas su quoi penser. Qui était Léonard, au fond ? Sa famille était-elle présente aujourd'hui ? En avait-il encore une d'ailleurs ? Des voisins ? Des amis très proches ? Bien sûr, il y avait nous. Mais qui étions-nous pour lui ?

J'ai retourné toutes ces questions dans ma tête. Puis le curé a commencé son discours. Peu de choses à dire. Connaissait-il lui aussi Léonard ? Comment parler de quelqu'un sans le connaître, sans savoir véritablement qui il était, l'homme qu'il fut, ce qui le nourrissait, les choses qui l'animaient ? Il savait ce gentil curé de campagne si Léonard avait été un homme heureux ou malheureux ? S'il avait aimé ? Ou haï ? Ou les deux ?

Non. Monsieur le curé avait juste signalé à son auditoire que Léonard s'était installé à Brignoles en 1999, voilà seize ans, pour sa retraite. Apparemment, il nous venait tout droit du Nord, de Boulogne-sur-Mer, où il avait exercé son boulot de responsable logistique. Voilà la vie résumée de Léonard. Léonard Ribeyrol. Un nom de famille que je découvrais.

Léonard, l'ami de tous, l'homme discret mais d'une gentillesse sans bornes. Conclusion de biographie. Terminé. Salut camarade. On t'accompagne au cimetière puis rideau. Repose en paix.

Oui, on a accompagné Léonard jusqu'au petit cimetière. Silencieusement, religieusement, le regard planté dans nos chaussures. Sous le soleil et dans des chants d'oiseaux venus confirmer les beaux jours. C'est comme cela qu'on a dit au revoir à Léonard.

Mais étrangement, cet adieu printanier, ultime, aussi discret que l'avait été cet homme reposant désormais au cœur de quatre planches, cet adieu-là ne me remplissait pas…

X

9h15. A « *L'Improbable* ». Les mines un tantinet défaites, empreintes de pudeur. On a enterré Léonard hier. Pour la première fois depuis longtemps, j'ai pris mon café à l'intérieur. Mes cinq cafés à l'intérieur, aux côtés de Lucien et Jean mais face à la place vide. Celle de Léonard, à deux doigts du distributeur de cacahuètes.

Je leur ai demandé, aux autres, ce qu'ils savaient de Léonard. Et tous m'ont avoué pas grand-chose. Rien, à vrai dire.

Léonard, il faisait partie du décor, de cet univers de comptoir, de cette ambiance rassurante et familière de Licence IV. Léonard, son allure bon enfant, sa présence silencieuse, sa silhouette rassurante. Mais qui connaissait Léonard, au fond ? Personne. En seize ans, personne.

Oui, il habitait bien avenue Ferdinand Mistral, au 16 ou au 18. Et puis ? Et puis rien. Rien de plus, parce que personne ne savait rien de plus.

Tout ça m'a fait chier. Bizarrement. Je m'en suis même voulu. Je l'ai croisé des dizaines de fois, lui ai souri. Il a répondu à mes grimaces, m'a toujours offert quelques mots chaleureux et bienveillants. Il avait cet air détaché et pourtant si proche de l'autre. Malgré tout, je n'ai rien provoqué. Je n'ai pas cherché, comme les autres. J'ai juste picoré, effleuré ce qu'il était, sans plus.

J'ai tourné en rond un bon moment, enfermée dans mon appartement comme un lion en cage.

Comme à chaque fois que je suis tracassée ou préoccupée, j'ai fait du rangement. Dans mes livres, dans mon armoire de produits d'entretien et même dans ma vaisselle. J'ai balancé de vieilles tasses ébréchées et des assiettes d'un autre âge. Puis je me suis assise dans le salon. J'ai pris mon carnet et j'ai griffonné sans réfléchir :

« *Recommencer, continuer, bifurquer, se détacher beaucoup, s'alléger d'un peu, voir autrement mais surtout, ne jamais oublier…* ».

Et puis tout à coup, j'ai sorti ce grand sac noir du placard. J'y ai fourré trois robes, deux pantalons, deux pulls et quelques bricoles encore.

Vers midi, j'ai balancé le grand sac noir dans le coffre de ma vieille Fiat Panda, Derrière le volant, le moteur allumé, j'ai encore patienté une bonne minute. De quoi mesurer le pourquoi, le bien-fondé, le « tu es certaine ? ». Une minute seulement. Ma décision était prise depuis cet adieu discret d'hier. Inconsciemment peut-être. Je suis partie. Partie à Boulogne-sur-Mer. Je suis partie connaitre Léonard…

XI

Remonter. Remonter encore. Marseille, Valence. Et encore. Lyon, puis Paris. Un mauvais sandwich de station d'autoroute. De la musique plein l'habitacle. Encore et encore. *Joseph d'Anvers*, « *Radio 1* ». Et des cafés, des mauvais cafés à un euro vingt. De très mauvais cafés d'autoroute au cours de ces pauses éparpillées. Ces brefs instants à regarder les voitures passer, les touristes égarés sur ces aires de repos, ces attentes interminables, juste pour un pipi.

Les panneaux bleus qui défilent, les kilomètres qui s'égrènent lentement. Trop lentement. Les paysages changeants et les températures fluctuantes. Des images en mémoire, rapides et différentes.

J'ai conduit longtemps, sans réfléchir, même à la nuit tombée. Je suis sortie du côté de Dieppe. Je voulais dormir près de la mer. Dans ma bagnole, certes, mais au bord de la mer. Un impératif. Une nécessité. Il était tard alors j'ai trouvé un morceau de digue quelque part et j'ai éteint les phares. Je me sentais épuisée. J'ai baissé légèrement la vitre et j'ai entendu le bruit des vagues, le cri lointain des mouettes. J'ai senti l'odeur de l'écume, un parfum de varech au milieu de cet air rafraîchi. J'ai regardé mon portable. Un appel en absence de Mathieu, sans message. Et je me suis assoupie.

Les voix, les passages incessants, les pleurs d'enfants m'ont réveillée au matin vers neuf heures. Un paquet de gens avait dû longer ma voiture et observer ma tronche endormie, bouche grande ouverte. Une douleur de cou croqué a amplifié cette sensation de sommeil pourri. Dormir dans une bagnole, c'est vraiment à ne plus faire. Et pourtant, par le passé, dans ma folle extase de jeunesse, à corps perdu et éprise d'une intense liberté, combien de fois avais-je dormi recroquevillée dans une auto qui bien souvent, n'était même pas la mienne ?

Je suis sortie pour me déplier un bon coup, avec une furieuse envie de manger du croissant et boire un grand café, obligatoirement en terrasse.

La baie de Somme, Le Crotoy, voilà où j'avais atterri hier soir à pas d'heure. J'ai émergé dans un troquet face au port. Et la première question est arrivée : que fallait-il chercher à Boulogne-sur-Mer ? Je ne savais même pas comment procéder. Le dernier poste de Léonard fut responsable logistique dans une entreprise. Mais laquelle ? Dans quel domaine ? Autant chercher une aiguille dans une botte de foin.

Je me suis aperçue qu'il y avait aussi des vacanciers et des touristes en haut de la France. Quelle conne je suis ! J'imaginais quoi ? La Sibérie ? La steppe désertique ? Rien de tout ça. Une lumière douce, une atmosphère authentique, un décor sympathique et des températures agréables. J'étais en région étrangère mais étonnée de cette ambiance, simple et vraie.

J'ai fait quelques recherches sur mon portable. J'ai ciblé quatre ou cinq grosses boîtes commerciales : hypermarchés, ameublement, entrepôts de stockage, etc. Avec pour seule information un nom : Ribeyrol. Léonard Ribeyrol. C'est un peu léger pour mener des recherches. Mais l'envie était là. Irrépressible, incontrôlable. Le désir fou de retrouver trace, de suivre le chemin et démêler l'écheveau pour savoir, pour découvrir vraiment.

J'ai repris la route, sans quitter de trop loin le bord de mer. Et j'ai débarqué à Boulogne. Mon vieux GPS, jamais mis à jour, m'a conduite à la première entreprise figurant sur ma liste : une boîte spécialisée en ameublement, avec son imposant entrepôt. J'ai rencontré une jeune vendeuse qui m'a ensuite dirigée vers une autre vendeuse plus ancienne. Elle-même interpellant le comptable, vingt ans passés dans la maison. Jamais entendu parler de Léonard Ribeyrol. J'ai donc enchaîné avec les grands magasins du gros centre commercial, sans succès. Une usine de conditionnement, un atelier industriel de pièces métalliques et même une entreprise de biscuits. Toujours sans succès. En fin d'après-midi, lessivée, ayant juste avalé un hamburger le midi, je décidais de retourner en centre-ville. Me trouver un petit pied à terre pour éviter une seconde nuit coincée entre un volant et un levier de vitesse, c'était ça l'idée. J'ai patrouillé au ralenti dans les rues, le nez en l'air, cherchant mon abri nocturne. Et au détour d'un carrefour, j'ai aperçu une enseigne défraîchie « *N* ** ». Un petit hôtel vieillot, presque d'une autre époque et loin d'être complet en cette saison. Une aubaine. L'établissement était tenu par une vieille dame, qui avait l'âge de la retraite depuis longtemps mais qui gardait la boutique par habitude ou par besoin. Un hôtel aux allures de pension de famille. Trente-cinq euros la nuit, petit-déjeuner compris. On va faire avec.

— Vous serez chambre 6, au fond du couloir, à gauche. Je vais vous accompagner.

Je l'ai suivie dans le corridor un peu sombre. Seule une vitre opaque au fond de ce tunnel apportait un peu de clarté. J'ai suivi sa démarche de guingois, sa silhouette charpentée, le dos un peu courbé par toutes ces années que j'imaginais à arpenter ce couloir austère, monter les escaliers, nettoyer les chambres, aspirer les tapis. Cette vieille jupe noire de serveuse de brasserie, ses collants sombres, opaques et son gilet de laine bleu turquoise à col Claudine. Avec juste un petit détail frappant : des baskets Reebok noires ! Bêtement, je me suis dit qu'elle pouvait bien être la sœur de Léonard ou une cousine.

— Voilà, c'est ici. Le petit-déjeuner est servi entre 7h00 et 9h30. Si vous rentrez tard, après 22h, vous pouvez passer par l'arrière, par la cour. Votre clef de chambre ouvre aussi cette porte de service. Et si vous avez besoin de quoi que ce soit, je suis à l'accueil, dans le hall. N'hésitez pas.

— Merci Madame, c'est gentil. Ça devrait aller.

Elle venait de faire demi-tour et je n'ai pas pu m'empêcher :

— Ah si, j'ai peut-être une question... Est-ce que le nom de Ribeyrol vous dit quelque chose ? Léonard Ribeyrol ?

— Comment vous dîtes ? Ribeyrol ?

— Oui, c'est ça.

Elle laissa courir trois ou quatre secondes avant de faire la moue.

— Non. Ça ne me dit rien… C'est quelqu'un d'ici, de Boulogne ?

— Je crois. Il y a travaillé en tous cas. Il était responsable logistique. Il y a plus de quinze ans maintenant…

— Ah. Où ça ? Chez Vilmont ?

— Vilmont ? Je ne sais pas. C'est une entreprise du coin ?

— Ben oui. Vilmont. Sur la route de La Capelle.

— Et…ils font quoi là-bas ?

— Ben du bois ! Des arbres pour le bois.

— C'est une scierie ? C'est ça ?

— Oui, voilà.

— Je ne sais pas. J'irai voir demain. Merci en tous cas.

— De rien. Vous…vous êtes inspectrice de police ?

— Ah, ah ah ! Non, non pas du tout. Je suis…une amie. Un peu comme une amie…

J'ai déposé mon grand sac noir sur le lit. La chambre était simple mais propre. Elle avait un charme désuet avec son papier mauve à fleurs, sa table de chevet rococo, son petit bureau en bois et sa chaise assortie. J'ai pris une bonne douche dans la salle de bain minuscule et je suis allée manger un morceau dans la première pizzeria que j'ai trouvée. A la « *Spizza Carola* ».

J'étais fatiguée de cette journée. Je n'ai pas traîné. Quand je suis rentrée à l'hôtel, j'ai vérifié mon téléphone portable que je n'avais même pas songé à embarquer au restaurant. Un message de ma mère qui voulait prendre de mes nouvelles et s'étonnait déjà de mon silence. D'autant que mon frère était passé en début d'après-midi et avait trouvé porte close. Un appel en absence de Mathieu. Le second. Sans message. Je n'ai rappelé personne. J'ai juste pris le temps de me mettre en culotte, dans un effort inouï, et de me jeter dans ce lit du siècle dernier avant de tomber inanimée en moins de dix secondes.

XII

« *Comme mille coupures sur la peau dessinées, en guise de tatouage. Une marque du temps, indélébile, comme le signe du destin. Graver l'épiderme, souligner les reliefs. En mémoire des illusions perdues* ».

J'ai renversé du jus d'orange sur mon carnet. Une habitude. Sur les pages précédentes, on pouvait également y trouver une esquisse de café en ombre chinoise, une traînée de sauce tomate, une auréole de vodka violette et même l'empreinte grisâtre d'une semelle de chaussure. Les stigmates du temps en somme…

Dans la salle dédiée au petit-déjeuner, il y avait aussi un monsieur d'une cinquantaine d'années aux allures de VRP et un couple d'anglais sensiblement du même âge. J'ai quitté cette ambiance silencieuse, quasi religieuse, pour me lancer à la recherche de l'entreprise Vilmont, spécialiste du bois. J'avais dormi comme un bébé. Il faisait beau. Je me sentais bien. Je me sentais libre.

J'ai tourné un bon moment avant de pénétrer dans cet univers de bûcherons. J'ai traversé à pied le grand parking de terre poussiéreuse, sous le regard curieux et intéressé de quelques ouvriers. J'avais eu le réflexe de mettre un jeans et je pouvais m'en réjouir. Une petite nana en Fiat Panda qui débarque de nulle part, ça attise la curiosité. Des regards appuyés accompagnés de conversations à voix basse et de rictus entendus, je ne me sentais pas des plus à l'aise dans cette atmosphère virile. Pourtant, j'étais prête à fusiller le premier qui oserait me balancer une connerie vaseuse en guise de bon accueil. Il n'en fut rien. Je suis entrée dans le bâtiment portant l'écriteau « accueil » au-dessus de la porte. Une femme à la mine pincée, les lunettes au bout du nez, était plongée dans des dossiers tout en pianotant sur son ordinateur. Elle a relevé la tête, m'a dévisagée en une fraction de seconde avant de me lancer un « oui ? »

— Bonjour. Je suis à la recherche d'un homme qui aurait travaillé dans le coin durant vingt ans. Cela remonte à une quinzaine d'années. Il s'appelle Léonard Ribeyrol.

— Il a travaillé chez nous ?

— C'est justement l'objet de ma démarche. Je cherche cette entreprise dans laquelle il était responsable de la logistique.

— Responsable logistique ? Nous, on a bien un responsable des stocks. Il est en poste depuis plusieurs années. Moi je suis arrivée il y a sept ans. Je ne pourrai pas vous renseigner… Faudrait que je demande à Monsieur Vilmont, le directeur…

— Il est ici ?

— Oui il est arrivé mais…attendez, je vais voir s'il est occupé.

Elle a téléphoné à son boss en expliquant par quelques mots bafouillés, l'objet de ma présence. Trois minutes plus tard, un homme au visage tout rond, la soixantaine encore fringante malgré l'embonpoint, est apparu dans le hall. J'ai balancé à nouveau mes sempiternelles explications.

— Ribeyrol, Ribeyrol… Euh…non, jamais entendu parler. Aucun gars de ce nom-là n'a travaillé ici.

— Bon ben…merci quand même.

J'avais envie de partir. Marre d'avoir perdu une partie de mon temps et de mon énergie à crapahuter au fond d'une forêt pour rien. Le directeur a fini par ajouter :

— Léonard, c'est pas courant pourtant comme prénom, ça. C'est marrant, ça me fait penser…

— Oui…

Il semblait chercher ses mots ou ses souvenirs. Peut-être même les deux.

— J'ai connu, enfin, j'ai croisé plutôt, un gars qui s'appelait Léo. Peut-être bien qu'il s'appelait Léonard dans le fond. C'était avec la Bande du Portel. Mais ça date ce truc !

— La Bande du Portel ?

— Oui, pour le carnaval. La Bande. Nous, on est du Portel, la ville d'à côté. Z'êtes pas d'ici vous, hein ?

— Non. Je viens du Var.

— Ah, le pays du soleil ! Je vais en vacances souvent par chez vous, l'été. Du côté de Sainte-Maxime. Vous connaissez ?

— Oui, un peu mais…ce Léo, c'était qui ?

— Ben, ce Léo, c'était un gars avec qui on a fait carnaval. Il y a bien longtemps. On a dû se voir deux ans de suite peut-être, pas plus. Lui aussi, il était pas du coin. Mais d'où ? Ça je ne m'en souviens pas. Je me rappelle de lui parce qu'une année, il est tombé dans les pommes. Le monde, le chahut, l'alcool, ça n'a pas fait bon ménage chez lui. Les pompiers l'avaient embarqué, c'était le bordel…

— Vous pourriez me le décrire ? Vous vous souvenez un peu ?

— Ben, c'est-à-dire euh… Il était en bonne femme…

— En bonne femme ?

— Ben ouais, déguisé en femme, comme tous les hommes. Pendant carnaval. Alors c'est difficile à dire. C'était un solide gaillard, je crois. Grand et costaud. Et…je me demande s'il ne travaillait pas du côté du Port. Sur Boulogne. Enfin, c'est pas sûr, hein…

— Bon. Hé bien merci à vous. C'est très gentil en tous cas.

Quand je suis ressortie pour regagner ma voiture, en pleine chaleur, un sifflement de mâle en rut m'a fait sursauter, me ramenant à la réalité. Par reflexe, j'ai juste balancé un doigt d'honneur en direction d'un jeune con avant de faire crisser les pneus de ma vieille Panda dans un nuage de poussière rougeâtre.

XIII

J'ai regagné Boulogne-sur-Mer, sous un ciel qui sentait la poudre. Comme mon humeur, finalement. Je n'avais pas mesuré l'ampleur de la tâche. Retrouver la trace de Léonard, après toutes ces années, avec si peu d'éléments, au beau milieu d'une ville inconnue, c'est un peu comme chercher un collier perdu à la fin d'une journée de juillet sur la plage de Fréjus… En arrivant près du front de mer, mon portable s'est mis à vibrer. Ma mère. Plus d'échappatoire, pas le choix :

— Allô ?

— Allô Ombretta ? Bon sang mais où es-tu ma chérie ?

— A Boulogne-sur-Mer.

— A Boulogne-sur-…mais qu'est-ce que tu fais là-bas ?

— C'est un peu compliqué maman… Je cherche à retrouver quelqu'un que j'aimais beaucoup…

— Un amoureux ? Mais Mathieu ? Tu as rompu avec Mathieu ?

— Mais non maman… J'ai pas quitté Mathieu. Je cherche un vieux monsieur que j'ai connu et…je voudrais savoir…

— Mais savoir quoi ? Ombretta, qu'est-ce que tu fabriques ? Tu ne crois pas qu'il vaudrait mieux penser à toi ? Trouver un vrai travail ou reprendre une bonne formation. Dans la coiffure, tu avais parlé de la coiffure à un moment. C'est bien la coiffure, c'est…

— Arrête maman, arrête. S'il te plaît. Je m'en fous de la coiffure. Je m'en balance comme de l'an quarante. J'ai pas envie d'être coiffeuse, ni esthéticienne, ni je ne sais trop quoi. Tu m'emmerdes avec tes formations. Tu m'emmerdes avec tes préoccupations à la con. Il est bien temps de se demander si la petite écervelée d'Ombretta va bien, s'il ne faudrait pas qu'elle fasse plutôt comme ceci ou comme cela. Mais Bon Dieu, est-ce qu'on s'est déjà demandé une seule fois ce qui me passait vraiment par la tête, comment j'allais, comment je vivais ce que je vivais ? Hein ? Vous allez continuer encore longtemps à me faire chier avec ce que je dois faire, qui je dois être, comment, où et pourquoi ? Hein ? Mais merde à la fin ! Merde et merde ! J'ai toujours dû composer, m'arranger, m'adapter, accepter, comprendre et maintenant il faudrait aussi que je sois sage, gentille, docile, sérieuse et raisonnable ? Mais vous allez arrêter de faire comme si, une bonne fois pour toutes, oui ? Vous allez enfin me laisser penser comme une grande, choisir comme une grande, vivre comme une grande ? Est-ce que j'ai déjà emmerdé le monde avec ma petite personne, hein ? Est-ce que j'ai demandé quoi que ce soit à qui que ce soit, hein ? Alors, arrêtez de me prendre par la main, arrêtez de me demander d'être celle que vous aimeriez que je sois ! Arrêtez de penser à ma place ! Durant toutes ces années, je me suis débrouillée, j'ai réglé les choses en tête à tête avec moi-même, par défaut, par nécessité. Je ne vous demande rien. Simplement de ne pas juger, de ne pas réfléchir à ma place, de ne pas vouloir à ma place. Si on veut me comprendre, si on veut s'intéresser un petit peu à moi, alors qu'on commence par m'écouter, sans penser et sans réfléchir ! Ça fera le plus grand bien à tout le monde ! Putain de merde…

— …

— Excuse-moi… Tout va bien… Je…je te rappellerai plus tard. Je…je t'embrasse maman.

Après ça, il me fallait quelque chose de fort. De très fort. Je suis entrée dans une petite brasserie du centre et j'ai commandé une vodka. Et une deuxième dans la foulée. Et j'ai bouffé des cacahuètes. Plein. J'adore. Quand je commence, je ne sais plus m'arrêter. Alors après, je suis allée vomir. Dans les toilettes de ma brasserie. Accrochée au mur, une vieille affiche des « *Chemins de fer du Nord* », du début du siècle dernier sans doute. Des femmes en coiffes, femmes de marins certainement, assises au port, le regard perdu vers la mer, vers des pêcheurs en barque et cette inscription :

« *Boulogne-sur-Mer, 3 heures de Paris, 3 heures de Londres, 24 trains par jour* »

Je ne sais pas pourquoi mais entre deux nausées, ça m'a fait sourire. C'est con.

XIV

« *Je ne dis pas qu'un beau jour, l'envie de boire toute la mer ne me prendra pas. Avaler l'espace jusqu'à la lie. Vider le contenu, Pour se remplir d'intensité, se combler sans succomber au vertige du naufrage, de l'absence abyssale, du néant* ».

En attendant, en refermant mon carnet sur ce coin de table bistrot, je me suis juste forcée à ingurgiter cette minuscule salade, synonyme de déjeuner, histoire d'éponger au mieux mes deux vodkas compulsives. Et je suis allée prendre l'air sur la digue, sous un ciel laiteux. Il faisait presque frais. La mer était bleue verte, d'une couleur vraiment étrange, nuancée, antipathique. Mais le vent léger me faisait du bien, me permettait peu à peu de recouvrir mes esprits. C'était marée haute. Ça sentait les embruns. J'ai fait un point rapide sur mes démarches, sorte de débriefing avec moi-même. J'ai trouvé ça limite marrant. J'ai repensé à la réflexion de mon hôtelière : « *Vous êtes inspectrice de police ?* ». Mais les résultats actuels de mon enquête n'étaient pas brillants. Où fallait-il chercher désormais ? Que fallait-il trouver ? A qui s'adresser ? Je suis descendue sur la plage. J'ai marché encore un bon moment avant de m'asseoir sur le sable. A la mairie ? A l'office du tourisme ? Quelles entreprises peut-on trouver dans un port ou à proximité ? Une entreprise d'import-export ? Une boîte qui charge et décharge les containers ? Y'a des dockers dans le coin ? Ce serait peut-être pas mal de vérifier.

Je suis restée là encore quelques minutes, à passer mes mains dans le sable, à faire couler les grains entre mes doigts. Je regardais l'horizon de cette Mer du Nord. Moi qui ne connaissais que la Méditerranée mais qui prenais rarement le temps d'aller la contempler. Si proche et si loin à la fois. Je suis remontée sur la digue avec une envie folle de café. J'ai marché un temps avant de trouver un troquet aux allures de pub irlandais. Je n'avais plus très chaud. Je suis rentrée dans ce bistrot tranquille, quasi désert, pour me commander en urgence un double expresso. Un gars d'une trentaine d'années, cheveux courts, barbe de trois jours, est venu m'apporter ma potion magique.

— Vous avez fait tomber ça, je crois…m'a-t-il dit en ramassant mon carnet.

— Oh merci beaucoup. Je vous dois combien ?

— Deux euros vingt.

J'ai cherché un vieux reste de monnaie qui traînait dans mon portefeuille. Un ramassis de pièces jaunes et cuivre. Le gars attendait, patiemment, le regard amusé.

— Vous aviez gardé ça pour *Bernadette Chirac* ?

Sa remarque me fit sourire.

— Un euro soixante…soixante-dix…quatre-vingts…quatre-vingt-cinq…quatre-vingt-dix…

— C'est bon, laissez tomber. Arrêtez-vous là.

— Non mais on va y arriver, hein. Quatre-vingt-quinze…

— Non vraiment, c'est bon. Je ne vais plus savoir quoi en faire. C'est cadeau : offert par la maison !

— C'est sympa, merci.

— Ne me remerciez pas, le café est dégueulasse…

— Pardon ?

Après un large sourire moqueur, il a filé trois tables plus loin servir un jeune couple. Et j'ai dégusté ce double-expresso comme s'il s'agissait du premier depuis bien longtemps.

***

Au bout d'une demi-heure, avant de lever le camp et parce que « qui ne risque rien n'a rien », j'ai demandé à mon serveur s'il avait déjà entendu parler d'un certain Léonard, en lui précisant ce que je connaissais. Il a fait la moue et m'a expliqué :

— A vrai dire, j'ai repris le café à mon père il y a trois ans. Perso, moi ça ne me dit rien mais je pourrai toujours lui en parler. Il le connait peut-être lui…

— Oui, trois ans, c'est un peu court. Il a quitté la région depuis plus de quinze ans. Merci, c'est gentil.

— Ce soir un groupe de musique vient jouer, à partir de 21h30. Si ça vous dit. L'ambiance est plutôt sympa et j'aurai eu l'occasion de demander à mon père d'ici là.

J'ai hésité un peu. L'envie de ressortir ce soir ne m'emballait pas plus que ça. Mais après tout, plutôt que de végéter dans ma chambre devant la tapisserie à pleurer…

— Ok. A ce soir.

Grâce à mon sens inné de l'orientation, je me suis plantée trois fois de rue pour rentrer à l'hôtel. Ma petite vieille était cachée derrière son comptoir d'accueil. Assise, on ne voyait que le haut de sa chevelure grossière et argentée. Elle pointa son nez à mon arrivée :

— Alors, vous avez fini par le retrouver ? Il a travaillé chez Vilmont ?

— Hé non, malheureusement. Mauvaise pioche…

— Et la biscuiterie ? Vous avez essayé la biscuiterie ?

— Aussi. Dès mon arrivée mais pas de trace de lui non plus.

— Bah, faut pas vous décourager jeune fille, Boulogne c'est pas si grand…

— C'est aussi ce que je me dis. Bonsoir.

En vérité, je me disais surtout que mon entreprise était folle, hasardeuse et peut-être même foireuse comme la plupart des trucs qui me font démarrer au quart de tour…

Une fois la porte de ma chambre refermée, j'ai consulté mon téléphone portable. En constatant un nouvel appel en absence de Mathieu, j'ai pris mon courage à deux mains :

— Allô ?

— …

— Mathieu ? C'est moi.

— …

— Allez Mathieu… Arrête…

— Arrête quoi ? De t'appeler ? De t'emmerder ?

— Mais non…t'es bête…

— Alors quoi ? Qu'est-ce que tu fous bordel ? Tu te tires sans rien dire, t'es injoignable, tu donnes pas signe de vie, tu fais la morte. Putain, c'est quoi ce truc, hein ?!

— Oui, je suis partie un peu vite, ça s'est fait comme ça. Je peux pas trop l'expliquer, c'est…

— Ta mère m'a dit que tu cherchais quelqu'un. Mais c'est qui ce mec ?

— C'est compliqué… C'est un Monsieur mais…il est mort…

— Putain Ombretta, tu pars à l'autre bout de la France pour chercher un mort ? ! C'est quoi ce délire ? C'est qui pour toi ce gars ?

— Ben, c'est personne… Je ne le connais pas bien. C'est justement pour ça…

— Ah merde, je comprends rien. T'es toute seule, là ? T'es partie toute seule ?

— Ben évidemment. Tu t'imagines quoi ?

— Rien. J'imagine rien. Je pige que dalle. Je te suis plus. Tu veux pas qu'on se voit ce week end puis tu te barres seule à mille bornes d'ici pour soi-disant retrouver un mort que tu ne connais pas vraiment. Tu vois, tout ça, je comprends pas. Si tu veux qu'on arrête, Ombretta, ne tourne pas autour du pot. Dis-le clairement. Mais ne te fous pas de ma gueule.

— Mais non Mathieu, c'est pas ça. J'ai…je ne sais pas pourquoi, j'ai besoin de savoir qui était ce Monsieur. Ne me demande pas pour quelle raison, je n'en sais rien. C'est comme ça. C'est peut-être important pour moi et…

— Mais important pourquoi, merde ?! C'est quoi ton délire ? C'est quoi ce qui est important pour toi dans ta vie, hein ?!

— J'en sais rien… Pour le moment, c'est ça. C'est…oui, c'est important. Je sais que…

Clic. Fin d'appel. Mathieu a raccroché. Et moi, seule sur le rebord du lit face à la tapisserie démodée de mamie, dans cette ambiance feutrée d'hôtel bon marché à deux étoiles, j'ai chialé comme une madeleine.

XV

Les yeux rougis, la mine des mauvais jours, je suis sortie pour rejoindre le *Barton Pub*, le fameux café de l'après-midi. Sans envie, sans motivation. Juste la tête au fond du sac. Juste dix mille questions qui vous empoisonnent l'esprit. Le regard porté sur vous-même mais qui vous échappe. Les « pourquoi », les « comment », les doutes et les peurs, toutes ces questions sans réponses qui vous font dériver au beau milieu de votre existence.

Et ce soir-là, tout ce spleen prenait corps le long de ce trottoir lessivé par un crachin maritime que j'empruntais d'un pas lourd et perdu, dans une ville inconnue, loin des autres, loin de tout.

Je suis arrivée trempée dans ce bar, avec une dégaine de zombie. Il n'y avait pas foule et le groupe en représentation ce soir semblait seulement ajuster ses instruments et coordonner ses partitions. Me vint alors l'idée de regarder l'heure : 20h50. Trois quart d'heure d'avance et même pas pris le temps de grignoter quelque chose. Du grand n'importe quoi en somme. Je me suis installée au bar, sur l'un de ces tabourets haut-perchés. Personne derrière le comptoir. J'en ai profité pour regarder ce ciel sombre et chargé par les vitres de cette taverne. Un ciel qui ne faisait plus qu'un avec cette mer de café, aux tons lavallière et gris de maure.

— Des fois il fait nettement plus beau, faut pas croire hein…

Mon serveur de tout à l'heure était arrivé de nulle part, planté face à moi derrière son zinc, le même sourire affiché.

— Ouh là ! Vous avez une de ces têtes ! C'est l'air du Nord qui vous fait ça ?

— Non, c'est mon air naturel ces derniers temps…

— Bon. Vous avez mangé ? Non ? Ah ben faut déjà commencer par-là, non ? Allez, je vous prépare un croque…

Il a fait les questions et les réponses tout seul, comme un grand. Ça m'a arraché un sourire. Il est revenu quelques instants plus tard avec mon assiette et un grand café.

— C'est ce qu'il vous faut je crois…

Il ne pensait pas si bien dire. Un café, même à cette heure, n'était pas du luxe. C'est d'ailleurs la première chose que j'ai portée aux lèvres. Comme un remède chaud et bienfaisant.

— Par contre, ajouta-t-il, je n'ai pas une très bonne nouvelle pour vous…

— Il ne le connaît pas.

— Pardon ?

— Votre père, il ne connaît pas Léonard, c'est ça ?

— Oui. Ça ne lui dit rien. Aucun visage sur ce prénom. Je suis désolé pour vous…

— Tant pis. C'est gentil d'avoir essayé. De toute façon, c'est mal barré tout ça…

— Bon, moi c'est Jocelyn mais tout le monde m'appelle Joss. Vous finirez bien par le retrouver votre Léonard et je vous filerai un coup de main si besoin. L'union fait la force, pas vrai ?

— Sans doute. C'est sympa en tous cas.

— Enfin, vous emballez pas quand même, hein. Je suis cafetier pas détective privé…

Il provoqua mon second sourire de la journée. Il rejoignit le groupe qui en terminait avec la balance et peu à peu les clients affluèrent pour profiter du concert. J'ai avalé ce croque-monsieur avec un appétit insoupçonné, la tête plongée dans l'assiette. Et soudain cette voix venue d'ailleurs. Ces quelques mots crevant mon apesanteur, accélérant mon rythme cardiaque cotonneux depuis des heures. Juste quelques mots :

— Qu'est-ce que vous lui voulez à Léonard ?

Je mis un léger temps à réaliser, à repérer d'où cette question venait, noyée au beau milieu du brouhaha ambiant. Un homme, au bout du comptoir, sur son tabouret, à demi-avachi. Un homme sans âge, aux cheveux mi- longs d'un gris presque argenté. Etait-ce bien cet individu qui m'avait interpellée ?

— Comment ?

— Vous cherchez Léonard Ribeyrol n'est-ce pas ?

— Euh…oui…

— Alors je voulais savoir ce qu'une jeune fille comme vous pouvait bien lui vouloir…

— Je…je l'ai côtoyé ces deux dernières années. Sans véritablement le connaitre, finalement. Et depuis son décès, j'ai envie d'en savoir davantage sur…

— Il est mort ?!

— La semaine dernière, oui.

L'homme marqua une pause, comme absorbé par la nouvelle qui semblait l'avoir cueilli. Puis, spontanément il ajouta :

— Vous fumez ?

— Euh…oui.

— Alors sortons voulez-vous ?

XVI

Il m'a emprunté une cigarette en échange de son briquet. Il n'était plus tout jeune à bien y regarder. Le visage fatigué et triste, ridé de partout. Les yeux enfoncés dans le creux des orbites et cette voix rocailleuse, à la fois étrange et rassurante. Il me faisait penser à ce fameux voisin aux os de verre dans le fabuleux destin d'Amélie Poulain. Je n'osais engager la conversation. Je l'ai regardé du coin de l'œil tirer sans relâche sur sa clope, le visage tourné vers la digue, comme noyé dans le flot de ses pensées. Sans détourner son attention, il m'a dit :

— Ce n'est pas le café que nous fréquentions avec Léonard. On avait pour habitude d'aller boire notre chope à *L'Amiral.* Mais ce troquet n'existe plus depuis une dizaine d'années. C'était trois rues plus loin. C'était une autre époque.

Il a marqué une pause et j'ai respecté ce silence lourd de constats qui m'étaient inconnus. Puis, lentement, il s'est tourné vers moi.

— Je m'appelle Constantin. Léonard, je l'ai vu débarquer il y a trente-cinq ans. Oui, c'est ça, on devait être en 79 ou 80 ; Il a déboulé un beau matin chez *Montgilain*, la conserverie du port. J'y travaillais moi-aussi. C'est comme ça qu'on s'est connus…

— Vous avez travaillé toutes ces années ensemble ? Alors vous l'avez bien connu ?

— Oui, pas loin de vingt ans finalement. Il a pris sa retraite deux ans avant moi. Un pot de départ triste à mourir, avec des biscuits apéritifs bon marché et des timbales en plastique. Comme pour le mien. Y'a pas à dire, ils avaient le sens des départs chez *Montgilain*, un vrai sens de la fête. On lui a offert un chevalet, je m'en souviens bien.

— Un chevalet…de peintre ?

— Ouais. C'était son truc la peinture à Léonard. Il y consacrait tout son temps libre. Il a même donné des cours dans un institut pour gamins de la

DASS, sur la route de Wimille. Il m'a offert un de ces tableaux quand il est parti. Une peinture de la mer agitée. Il était doué le gaillard. Une âme d'artiste. Je sais qu'après son départ dans le sud, il n'a plus touché à un pinceau. Il me l'avait dit. Je ne sais pas pourquoi. Plus l'envie peut-être. Et puis, « on vieillit » qu'il me disait…

J'ai proposé à mon Constantin une seconde cigarette qu'il n'a pas refusé.

— Il était comment, Léonard ? Enfin…c'était quel genre de personne, je veux dire ?

— Oh un gars simple, sans histoire. Un homme discret, comme on dit. Il ne parlait jamais de lui. Il préférait s'intéresser aux autres, aux choses qui l'entouraient…

— Mais…il était marié ? Il avait des enfants ?

— Un jour, comme ça nous arrivait parfois, on est parti chercher des moules et des crevettes grises, sur la plage de la Crevasse à Equihen. C'est la seule fois où je lui ai dit en plaisantant : "*T'as même pas une bonne femme dans la vie, toi ?*"Et tout en creusant le sable, il m'a répondu : "*Bien sûr que si. Ça ne se voit pas ? Je ne me sépare jamais d'elle…*". C'était tellement bizarre comme réponse que je n'ai pas insisté. Et on n'en a plus jamais parlé.

Joss a pointé le bout du nez à la porte du bar laissant par là même s'échapper un air de balade irlandaise.

— Ben alors ? Vous allez passer toute la soirée dehors à jouer les videurs de boîte de nuit ?

— Non, non. La demoiselle va rentrer avant d'attraper la mort…

La porte du café s'est refermée, nous replongeant pour un instant dans le silence troublé de bord de mer.

— Vous sortiez souvent ensemble ? Vous étiez proches ?

— Aussi proches que peuvent l'être deux solitaires. On se voyait un soir ou deux par semaine à *L'Amiral*, en sortant du boulot et de temps à autre le week-end, pour une balade ou une chasse à la crevette. Ni plus, ni moins. Avec Léo, on pouvait laisser courir les minutes sans la moindre parole échangée. On traînait notre bosse, finalement. On n'avait pas besoin de jacasser pour partager. C'était comme ça.

— Vous l'appeliez Léo ?

— On l'appelait tous Léo. Bon, vous devez être frigorifiée. L'humidité tombe. Rentrez vite avant de choper la crève.

— Vous…vous partez ?

— Oui. Les ambiances de musique jusqu'à pas d'heure, c'est terminé pour moi. C'est la petite mélodie de mon lit qui m'appelle désormais. A chacun son époque.

Il se leva fébrilement de son fauteuil de terrasse, sortant de sa poche de caban une casquette en tissu chiffonnée. Et dans l'espoir de ne pas rompre en ce soir de printemps nordique l'unique lien authentique et fragile qui me retenait encore à Léonard, je me permis de lui dire :

— Si toutefois vous aviez encore un peu de temps demain ou un autre jour pour me parler de Léo, ce serait...ce serait vraiment bien...

Ma remarque parut l'étonner. Puis il esquissa un léger sourire, triste et heureux à la fois, accentué par ce regard délavé perdu au fond de son visage.

— Je suis ici tous les matins, vers neuf heures, devant mon café crème. Si le cœur vous en dit...

— D'accord. A demain alors. Rentrez bien.

Il effectua un petit signe de la main en guise de salut et traversa la route d'un pas mesuré pour rejoindre la digue aux pointillés de réverbères. Les halots saccadés de lumière renvoyant sur le sol une ombre tour à tour amassée et espacée, celle d'un homme alourdit par trop de souvenirs.

***

A l'intérieur du Barton, l'ambiance avait pris une toute autre tournure. Des clients s'étaient regroupés face aux musiciens. Certains s'aventuraient déjà dans des danses improvisées quand d'autres, agglutinés au bar, tentaient de passer commande ou de se frayer un chemin, les bras tendus vers le plafond, une chope de bière dans chaque main pour protéger ce graal si précieux des mouvements de foule. Malgré tout, Joss eut le temps de m'adresser un clin d'œil tout en m'invitant, d'une mimique grimaçante, à me rapprocher du comptoir. En l'espace de quelques minutes, j'étais tombée en terre celtique. Le dépaysement total.

Je suis restée un long moment dans ce bar du bout du monde. Joss me proposa de boire un verre. Il fut surpris par mon option « vodka », persuadé sans doute que je siroterais une bière comme tout le monde. Vers minuit, seuls les habitués et les fêtards de première sont restés, permettant à chacun de retrouver un peu plus d'espace sans incidence sur l'ambiance de la soirée. J'ai participé à toutes ces danses qui m'étaient jusqu'alors inconnues, enchainant les *jigs* et les *céilís*, avec amusement, portée par cette atmosphère chaleureuse, profitant des invitations d'un Joss jamais en reste pour me pousser sur la piste, entre deux vodkas. Nous partagions des fous rires interminables, des envolées ridicules mais sincères. Je me sentais loin, nourrie d'aucune réflexion encombrante. Je me sentais bien, légère, protégée. Si bien que je fis la fermeture du bar, aux alentours de 3H30. Je n'étais plus très claire mais suffisamment pour accepter la proposition de Jocelyn de me ramener à l'hôtel, m'évitant ainsi une épopée nocturne pédestre des plus hasardeuses. Il s'est arrêté devant mon palace, m'a regardée avec son éternel sourire lunaire et à cet instant précis, au moment même où je détachais maladroitement ma ceinture de sécurité, je lui ai volé la bouche, d'un baiser fort, appuyé, entier. D'abord surpris, il a fait glisser sa main tiède sur mon cou puis ma nuque, répondant à mes lèvres avec la même énergie. En quelques secondes, au pied de mon hôtel du Nord deux étoiles, au beau milieu de la nuit fraîche et pleine, j'eus subitement envie de cet homme. Intensément, frénétiquement, irrémédiablement. Nos gestes saccadés se percutaient sans le vouloir, dans un souffle court comme éreinté par tant de désir. Une sensation de douceur et de violence mêlées, imbriquée au cœur d'une évidence qui semblait nous échapper. Une ivresse partagée, la somme de nos abandons, l'union de nos dérives.

Ses gestes se sont faits plus précis, provoquant chez moi le trouble, laissant filtrer au fin fond de mon esprit anesthésié des images brouillées, portant à mes oreilles un larsen de voix familières et saturées.

— Non…non…arrête…s'il te plaît, ai-je soufflé en bout de course.

Il s'est calmé lui aussi, surpris par ma décision kamikaze.

— Je…je suis désolée. C'est… impossible. Je ne peux pas.

Curieusement, il a souri. Encore. À l'identique.

— Il y a quelqu'un, c'est ça ?

— Oui… C'est un peu compliqué. Je voudrais pas que tu…

Il n'a pas lâché ce sourire. Pas moqueur, non. Un sourire compréhensif. Un sourire classe, dénué de tout. Un truc de gentleman. Un vrai truc.

— Monte te coucher, m'a-t-il dit, tu dois être épuisée.

— Oui… Rentre bien. Fais attention à toi…

La chambre sentait le bois vieilli et le papier des livres anciens. Ça m'avait échappée. J'étais comme sonnée, assommée, ailleurs. Je me suis allongée toute habillée, sans réfléchir. Juste le temps de choper mon carnet sur la table de nuit et d'y coucher ces quelques mots :

« *Se sentir perdu comme un chien sans collier, à renifler la vie le long des réverbères. Et dans le caniveau des émotions, la flaque éphémère de lumière* ».

XVII

Inutile de s'attarder sur ma tête du lendemain. Et ce mal de crâne à en crever. J'ai déjeuné avec deux Doliprane, des anciennes connaissances des réveils difficiles. Ma tenancière était aux petits soins pour moi, me proposant croissants et cafés à gogo. Elle m'a dit :

— Mangez ! Vous ne savez pas qui vous mangera plus tard…

Pas faux. Alors j'ai repris un croissant pour déjouer l'avenir. Il faisait beau ce matin. Tout n'était donc pas perdu. Je devais rejoindre Constantin. Mais retrouver Constantin, c'était aussi revoir Jocelyn et assumer mon attitude délicate d'hier soir. Enfin…de ce matin très tôt.

J'y suis allée à pied, en longeant la mer comme pour m'éclaircir les idées, me filer un coup de fouet ou au contraire, apaiser toutes mes tensions intérieures. Je ne savais pas vraiment. Personne en terrasse au Barton Pub. Alors, après avoir pris une profonde inspiration et mon courage à deux mains, j'ai pénétré dans ce repère irlandais.

J'ai aperçu immédiatement Constantin, sur la gauche, assis dans un coin tranquille. Et puis Joss derrière son bar, à essuyer des verres. Il a souri en me voyant. Ce même sourire, sa marque de fabrique. Contre vents et marées. J'ai trouvé ça fort. Je me suis approchée de Constantin qui s'est levé à mon arrivée tout en m'invitant à m'asseoir face à lui.

— Bonjour Constantin. Vous allez bien ?

— Ma foi, pas plus mal qu'hier. C'est bon signe.

A la lumière du jour, j'ai trouvé cet homme surprenant. Plus fringant que la veille, le teint hâlé des vieux loups de mer, les yeux d'un bleu clair délavé, un visage accueillant.

— Les souvenirs de Léo m'ont chatouillé toute la nuit…

— Ah oui ? C'est vrai que je vous ai bousculé avec mes questions.

— Bah…ça m'a fait du bien de me rappeler de cette époque…

Joss a déboulé avec un café. Pour moi. Délicate attention amplifiant ma gêne déjà copieuse.

— Ça va mieux ? m'a-t-il demandé sans lâcher son rictus optimiste.

— On fait aller… Merci Joss, c'est gentil…

— C'est vrai que Constantin est un peu la légende vivante du coin. J'ai pas pensé à t'en parler mais c'est un coup de chance. Tu as enfin des infos sur ton camarade.

— Oui, c'est vraiment un coup du hasard.

— Comme quoi…

Puis il regagna son comptoir pour accueillir un fournisseur prêt à décharger sa livraison.

— C'est un bon gars ce Joss. Un type bien…

— Oui, ai-je répondu un peu emmerdée, ça se voit…

Après une première gorgée de café avalée, j'ai cherché de nouveau à savoir.

— Constantin, à part la peinture et vos sorties de pêche, il faisait quoi Léonard de son temps libre ?

— Bah, j'en sais trop rien. La peinture, ça lui prenait déjà pas mal de temps, surtout avec son atelier qu'il animait dans ce centre pour enfants abandonnés. Et puis, on jouait parfois à la pétanque, avec d'autres gars, des habitués de L'Amiral. On a fait une ou deux fois le carnaval mais c'était pas trop son truc. J'ai voulu l'emmener pêcher en mer aussi mais il n'a jamais voulu. Je me suis dit qu'il avait peut-être peur de l'eau ou qu'il était malade en bateau. Je n'ai pas insisté.

— C'était quelqu'un de…triste ?

— Triste ? Je ne sais pas. Non, pas particulièrement. Ce n'était pas un boute-en-train non plus, faut bien le reconnaître. Non, je dirais plutôt discret, secret même. Fin observateur, ça c'est sûr. Mais pas un grand bavard. Juste ce qu'il faut, quoi.

— Il vous a laissé entendre qu'il avait une femme. Mais vous savez s'il a eu des enfants ?

— Ah ça non, j'en sais fichtrement rien…

— Et de la famille encore dans le coin ? Un frère ? Une sœur ? Un cousin ?

— Dans le coin ? Sûr que non ! Léonard, il était pas d'ici…

J'eus un instant de doute. D'étonnement même, la seconde d'après.

— Pas d'ici ? Léonard, il n'était pas de Boulogne ?

— Bien sûr que non. Il a passé un paquet d'années chez nous, oui, mais il est pas du cru !

Je finis par avaler mon café d'une traite, à défaut de vodka j'imagine…

— Mais il venait d'où alors ?

— Quand il a déboulé dans la région, en 79, il arrivait tout droit de chez vous, dans le sud. De…machin mimosa, là…. Ah, un truc comme ça…

— Bormes-les-Mimosas ?

— Voilà ! Tout juste, c'est ça ! Il venait de chez son ami Jacques, un ami d'enfance je crois. Il habitait chez lui à l'époque, enfin…avant de migrer dans le Nord. Ils correspondaient régulièrement. C'était vraiment un très grand camarade ce Jacques. Léo a été dévasté quand il est décédé…

— Son ami est mort ?

— Oui. Une quinzaine d'années après son installation à Boulogne. Ils étaient très proches. Il descendait dans le sud lui rendre visite, un été sur deux. De là-bas, il m'envoyait souvent une petite lettre ou une carte postale pour me faire enrager, à cause de la météo. Je crois que Jacques, c'était comme un frère pour lui. Comme sa famille. Du coup, son décès, oui, ça était un sale coup pour Léo…

Voilà ce que Constantin pouvait me dire de notre camarade commun. Ce Léonard qui restait encore un mystère pour moi. Un homme qui glisse au fil du temps, au fil des lieux et des rencontres.

J'ai demandé à ce vieil homme s'il connaissait l'ancienne adresse de ce Jacques, histoire de me raccrocher à quelque chose, histoire de ne pas rentrer bredouille. Comme si je ne pouvais me résigner à clore la biographie de mon Léonard, là, maintenant, dans ce café irlandais face à la Mer du Nord.

Il allait chercher et me tenir au courant. Nous avons échangé nos numéros de téléphone avec, pour moi, l'infime espoir de poursuivre la route de « Léo », le sillon de son histoire aussi banale et futile soit-elle. Je ne cherchais pas un destin extraordinaire, une existence hors du commun, non. Juste savoir, apprendre, découvrir. Mieux connaitre cet homme, moi qui n'avais pas su, pas pensé, pas cherché. Désormais, je voulais. Impérativement.

Je suis allée régler les cafés au comptoir. Face à Joss, le regard perdu à compter les pièces de mon vieux porte-monnaie, comme la première fois. Il m'a regardée faire, avec son demi-sourire amusé.

— Tu vas pas me refaire le même coup ?... Laisse tomber…

— Non, non, je…

— Laisse je te dis… S'il te plaît…

Il avait dit cela différemment. Comme une supplication étouffée, l'espoir d'abréger quelque chose, d'éteindre la dernière lumière fatiguée avant la fermeture.

— Je…je vais y aller, ai-je glissé.

— Tu pars quand ?

— Aujourd'hui je pense. Je continue et j'ai encore un peu de route…

Il a acquiescé sans rien dire en me regardant droit dans les yeux. Puis il a prononcé ces paroles, la dernière fois que j'entendais le son de sa voix :

— Si tu repasses par ici un de ces quatre, si tu te perds à nouveau, pour de bon, pour de rien, tu connais l'adresse maintenant. Je serai là. Je ne bouge pas.

Ce fut à mon tour de sourire. De lui offrir mon sourire. En guise de gratitude, de remerciement, de gêne, de souvenir avant l'heure même…

Je l'ai regardé une dernière fois en refermant définitivement la porte du *Barton Pub*. Avant de refermer la parenthèse ou le chapitre. Peu importe. Je portais désormais en moi cette rencontre. Un truc qu'on garde. Précieusement.

XVIII

Je suis rentrée à l'hôtel pour rassembler mes affaires. Avec à l'esprit, l'impression de boucler une étape. La nécessité de décoller pour poursuivre le chemin. Quitter cette région accueillante, suivre l'histoire, continuer la route. Mais avant cela, un truc m'est venu à l'esprit : visiter cet institut au sein duquel Léonard avait régulièrement donné ses cours de peinture durant des années. Pour voir, ressentir l'atmosphère, plonger dans cet univers inconnu. Pourquoi Léo dans un centre pour enfants placés ?

J'ai dit au revoir à ma tenancière. À ce personnage de film à la Caro et Jeunet.

— Alors, ça y est, c'est le départ ? m'a-t-elle dit.

— Hé oui, c'est l'heure…

— Vous l'avez retrouvé finalement, votre bonhomme ? Enfin, vous en savez plus, je veux dire ?

— Oui, un peu. Il faut que je continue encore. Mon ami avait la bougeotte. Je suis obligée de le suivre à la trace.

— Bon. Si c'est bien pour vous, tant mieux. Ça fait 105 euros.

J'ai réglé la note, balancé mon sac noir dans le coffre et repris le volant de ma Fiat Panda en direction de Wimile, selon les indications de Constantin. J'ai tenté de repérer tous les panneaux possibles, sans savoir ce que je recherchais véritablement. Et puis un écriteau, minuscule, au détour de cette départementale : « *Foyer Les Embruns* ». Dans le doute, j'ai bifurqué sur cette route étroite en gravier, priant pour ne pas avoir à faire demi-tour.

Je suis arrivée au milieu d'une jolie propriété, cernée par de petits pavillons bordés de chrysanthèmes. Quelques places de parking délimitées par un panneau « Visiteurs ». Je me suis dirigée vers le bâtiment central et son traditionnel « accueil ». Je commençais à m'habituer à ces obligations de présentation, debout, gauche et penaude derrière un guichet ou un comptoir, à balancer mes questions à la con. J'ai récidivé dans ce foyer pour adolescents. Et très vite cette fois, on me fit entrer dans un bureau pour y rencontrer la chef de service de l'établissement, une très jolie femme d'une cinquantaine d'années, brune, grande, élégante. Vraiment belle. Vraiment.

— C'est incroyable d'entendre parler de Léonard après toutes ces années, m'a-t-elle confiée avec une évidente sincérité. Vous savez, j'étais une petite éducatrice, toute jeune professionnelle, quand je l'ai rencontré. Un homme d'une douceur et d'une gentillesse sans bornes. Patient, souriant, tellement agréable. Le savoir décédé me touche beaucoup. Cela faisait tellement longtemps que nous n'avions plus directement de ses nouvelles...

— Il est intervenu chez vous, dans ce centre, si j'ai bien compris.

— Oui, c'est cela. Durant trois ans. Il animait un atelier de peinture. C'était...comment dire...atypique sur le foyer, à l'époque.

— Comment est-il arrivé ici ? Enfin...vous cherchiez un animateur, je veux dire ? Vous l'avez...« recruté » ?

— Hé non. C'est lui qui s'est proposé. Une collègue l'avait rencontré par hasard au bout du port, en train de peindre. Ils ont échangé un bon moment. Il a soumis l'idée de venir initier les enfants à la peinture. Tout est parti comme ça, par hasard...

Elle a eu la gentillesse (et l'intelligence) de me proposer un café. Que je n'ai pas refusé (par politesse...).

— Il était comment Léonard ? Comment vous le perceviez, à cette époque ?

— Oh... C'était un homme délicieux. Toujours d'humeur égale. Bon, généreux, infiniment patient et compréhensif. Toujours très discret. Nous ne savions rien de lui, il ne s'étalait jamais sur sa vie privée, hormis quelques banalités.

— Trois ans à animer l'atelier, m'avez-vous dit ? Il a souhaité mettre un terme à son intervention sur le centre ?

La responsable semblait gênée par la question. Affichant une légère grimace, une crispation de désolation.

— Je ne sais pas trop comment cela est arrivé. Insidieusement, lamentablement sans doute. Par jalousie ? Absurdité ? Vraiment, je n'en sais rien. Léonard était très engagé dans son atelier. Il avait de vraies qualités de pédagogue. Il a monté des sorties à l'extérieur, au musée, dans des expositions avec certains membres de l'équipe. Il s'est attaché à certains jeunes, les plus assidus à son rendez-vous peinture hebdomadaire. Comme peut le faire un grand-père pour ses petits-enfants. Certaines mauvaises langues ont mal interprété cette proximité paternelle, naturelle et sans équivoque. Pourtant c'est remonté aux oreilles du conseil d'administration de l'association qui, pour éviter d'éventuelles polémiques, a décidé de mettre fin à cet atelier. C'était trop bête. Blessant même, pour Léonard, j'imagine. Il n'en a pas fait état. Il a été digne quand il a appris que son intervention n'allait pas être renouvelée.

— Effectivement… C'est terrible ce genre de décision. Enfin…pour un tel motif, je veux dire.

— Oui. C'est stupide. Beaucoup de jeunes n'ont pas compris. C'est bien normal. Certains s'étaient habitués à la présence régulière de Léonard et sa passion pour la peinture. Je pense à Betty par exemple…

— Betty ?

— Une petite jeune du foyer. Elle devait avoir onze ou douze ans à l'époque. Elle adorait ça, dessiner, peindre… Et elle s'était beaucoup attachée à notre artiste. C'est elle qui nous donnait encore des nouvelles de lui, bien après cette période. Bien après qu'elle ait quitté le foyer aussi. Ils ont longtemps gardé contact.

— Vous avez les coordonnées de…Betty ? Vous savez où la joindre ?

— Oui…je pense, oui. Mais c'est un peu délicat. Je ne peux pas vous…

Elle fit une légère pause avant de reprendre.

— Attendez un instant, vous voulez bien ? demanda-t-elle brusquement.

Elle est sortie de ce bureau. J'ai terminé mon café qui avait un goût de « trop peu ». J'ai regardé les murs aux affiches très variées. Une esquisse de Rodin, des photos d'Afrique, de marchés colorés et une autre de la Côte d'Opale. Mon portable avait vibré durant la conversation. Visiblement, un message de Constantin. La responsable est réapparue avant même que je puisse le consulter.

— Voilà les coordonnées de Betty. Je viens de la joindre par téléphone. Elle est d'accord pour vous rencontrer. Elle habite Etaples. C'est à peine à une demi-heure d'ici.

Sa démarche m'a touchée. Elle n'était pas obligée. J'ai pris congé en la remerciant chaleureusement. Des enfants jouaient dans les jardins. J'ai pensé à tous ces gamins dont la vie se déroulait en institution, à défaut d'une présence parentale rassurante et protectrice, impossible aujourd'hui et pour toujours peut-être. Cette pensée m'a piquée la gorge, comme ça, d'un seul coup.

En remontant dans ma voiture, j'ai consulté mon répondeur et le message de Constantin. Il avait retrouvé une adresse au dos d'une vieille enveloppe. Celle de Léonard lorsqu'il passait quelques jours l'été chez son ami d'enfance :

« *Léonard Ribeyrol chez Mr Jacques Baudrieu, 4 Place Chapon 83230 Bormes-les-Mimosas* ».

Deux adresses. Deux nouvelles pistes en quelques heures pour suivre le chemin de vie de Léo. Ça m'a foutu la pêche.

XIX

« *La vie, c'est comme la roulette russe du suicidaire. Une seule balle, un seul coup et l'espoir infini de ne pas se rater* ».

En tournant dans cette ville inconnue résonnait en moi ce prénom rare et cinématographique : Betty. J'ai pensé immédiatement à ce film que j'avais vu bien des années plus tôt, *37°2 le matin*, de Beineix. Un truc hors du temps, beau et violent à la fois. Je me souvenais de cette descente aux enfers malgré les promesses heureuses. Je me souvenais aussi de cette musique, moi la mélomane, cette bande-originale de *Gabriel Yared*, vaporeuse, enjouée, triste et grave tout à la fois.

Un petit immeuble de quatre étages. Un interphone et un nom collé à la sonnette : *Betty Reinhart.* Comme le parfum d'une actrice allemande des années vingt…

J'ai appuyé de façon hasardeuse, sans repères, sans confirmation rassurante.

— Oui ?

— Betty ? Je suis Ombretta. Je viens directement du foyer « Les Embruns » et…

— Montez. C'est au 3ème, porte de gauche.

Un bruit électrique et métallique, une porte lourde à pousser, un vieil escalier grinçant en bois, des murs couleur ivoire à la peinture écaillée, un palier minuscule et cette porte à gauche. Timide, modeste, avec le paillasson usé sur le seuil. Je n'ai pas tenté la sonnette, j'ai frappé en douceur, comme si je m'excusais déjà. La porte s'est ouverte en une fraction de seconde et une jeune femme rousse, les cheveux mi- longs et crolés, le visage hâlé parsemé de taches de rousseur m'a sourie. J'ai pensé à *Marlène Jobert* à ses débuts. Et puis j'ai arrêté de penser. Je m'énerve avec ma sale manie à la con de refaire les films à tous les coups ou de trouver des similitudes à la moindre occasion, pour un oui ou pour un non. C'est agaçant à la fin.

Betty était un peu plus âgée que moi. Elle m'accueillait dans un petit appartement plutôt chargé mais coquet et décoré avec goût. Elle travaillait au supermarché du coin, au rayon boulangerie, terminal de cuisson. Et chance pour moi, elle était de repos aujourd'hui. J'ai pris le temps de lui expliquer ma démarche, maladroitement sans doute, mais bizarrement avec plus de lâcher prise, plus de cœur, plus de mots et d'émotion. Elle s'est mise à pleurer sans bruit en écoutant mon histoire farfelue. Ça m'a noué la gorge, étranglé la voix. Betty semblait profondément touchée. Elle n'a pas éclaté en sanglots, non. Juste des larmes qui roulaient et qu'elle tentait d'essuyer une par une, d'un revers de la main. Après un lourd silence, elle expliqua fébrilement :

— Je savais qu'il se passait quelque chose. J'avais peur. Comme un pressentiment. Je n'avais plus de nouvelles depuis un moment et je suis tombée plusieurs fois sur son répondeur. J'ai laissé des messages mais rien. Pas de réponses… J'ai pensé à l'hôpital, un pépin de santé… Je n'imaginais pas que…

Sa voix s'étranglait. Elle marqua une pause de quelques secondes.

— Je n'ai pas été là pour l'accompagner, lui dire au revoir…c'est…terrible...je ne peux pas le croire…

Je la sentais envahie par l'émotion. Une vague de chagrin qui la submergeait. Elle réalisait à cet instant précis qu'elle n'entendrait plus la voix de Léonard, que toutes ces années appartenaient désormais au passé, définitivement. Les choses ne seraient plus. Plus jamais. Oui, une lame de fond de tristesse qui emporte tout, en une poignée de secondes.

— Je…je suis désolé, ai-je bafouillé. Vous étiez très proche de Léonard, j'imagine ?

— Oh oui… Léo, il a été là au bon moment. A une période de ma vie où sa présence fut essentielle, capitale même. Une rencontre tellement importante. Vous savez, j'avais neuf ans quand je suis arrivée aux Embruns. Je n'ai pas compris tout ça. Mon papa, je ne l'ai jamais connu et maman… Comment dire ?... Maman avait un petit vélo dans la tête. Elle était ailleurs, dans son monde et onze mois sur douze en hôpital. Alors, la fillette perdue s'est retrouvée dans un grand foyer, bien trop grand pour elle. J'étais vraiment paumée. Je ne parlais pas. Je pleurais toutes les nuits. J'étais seule. Je me sentais tellement seule…

Et Léonard est arrivé. Et timidement, Betty a progressivement fréquenté son atelier. Avec la peinture, nul besoin de parler. L'expression de toutes les émotions sur une toile blanche, recracher les peurs, les doutes, les angoisses.

— Il a senti ça chez moi, Léonard. La possibilité de dire par la peinture quand la parole n'existe plus. Il s'est montré patient, comme on apprivoise un petit oiseau blessé. Il me souriait toujours, respectait mon silence et parfois même mes crises et mes débordements. Alors, je me suis mise à attendre le mercredi après-midi comme on attend un beau cadeau à Noël. Je guettais son arrivée, ses mallettes de peinture, ses toiles, son chevalet. Petit à petit, je portais une partie de ses accessoires, refermais le coffre de sa voiture, préparais la salle de l'atelier avant l'arrivée des autres enfants. Je voulais l'aider. C'était comme un privilège. Et puis…et puis…j'ai commencé à parler. A reparler. Au bout de toutes ces semaines passées à ses côtés, au milieu de cet atelier peinture du mercredi qui m'a tenu la tête hors de l'eau, qui m'a ouvert l'esprit et le cœur, qui m'a donné confiance. Léonard, c'était un élan de tendresse et d'affection. Et c'était tout ce qui me manquait à cette époque…

Pendant ces trois années de mercredi peinture, Betty s'était construit une partie d'enfance, puis d'adolescence. Cette activité artistique lui avait apportée l'évasion, un ailleurs, bien au-delà des murs de cette institution impersonnelle malgré la bonne volonté de l'équipe éducative. Ce mieux-être, c'est à Léonard qu'elle le devait. Et quand tout s'est arrêté, Betty et quelques camarades ont souhaité garder des liens par courrier avec leur artiste de cœur. Sept ou huit gamins au début, puis quatre, trois… Et finalement, quand Betty a pris son envol à ses dix-huit ans, dans un petit studio de Boulogne-sur-Mer, elle restait la seule à se souvenir de Léo. Des courriers, des échanges téléphoniques, des balades de bord de mer, des expositions, un paquet de moments partagés durant toutes ces années avec cet homme apaisant et sécurisant. Comme un point d'ancrage, un phare de haute mer, une lumière rassurante.

— La vérité c'est qu'avec Léonard, je me suis fabriqué une sorte de grand-père. Un être qui a tout remplacé. Qui comptait plus que tout. Il a été là, encore, quand je suis devenue une adulte. On se voyait régulièrement. Il était bienveillant, protecteur, disponible. Et puis, à la retraite, il a décidé de s'installer dans le sud. Ce fut un choix difficile pour moi. Mais j'ai accepté car je sentais chez lui ce besoin de partir, de se trouver un endroit, rien que pour lui. Nous avons gardé contact. Différemment, forcément. Un appel téléphonique deux ou trois fois par mois. Mais toujours autant de tendresse de sa part. Il m'a même aidée financièrement dans les moments difficiles. Il était…ma famille.

Betty m'a demandée de me retourner. Et j'ai vu deux toiles accrochées au mur. Deux tableaux de la main de Léonard. L'un représentant une mer déchaînée sous un ciel sombre et torturé. L'autre, un horizon vallonné, aux figures géométriques multiples, sorte de puzzle de champs colorés, de tapis de coquelicots, de colza jaune vif et de terre nue. Deux très belles peintures.

— Betty, j'ai posé la question à tous les gens que j'ai croisés et qui l'ont côtoyé mais personne n'a su me répondre. Vous savez si Léonard avait de la famille ?

— Ah… C'était un sujet très secret chez lui. Je m'y suis aventurée plusieurs fois mais… Oui, je crois qu'il en avait une. A l'époque, il m'avait dit : « *Une famille ? On a tous une famille Betty. Présente ou lointaine. Réelle ou imaginaire* ». Il avait un fils, j'en suis sûre. Un fils dont il avait peu de nouvelles. J'imagine que ça devait être douloureux pour lui. Alors, il n'en parlait jamais. J'ai cru comprendre qu'ils étaient brouillés. Pourquoi ? Je l'ignore. Moi je ne voyais plus ma mère mais j'ai fini par en connaître les raisons. Je n'ai jamais su les causes de leur embrouille mais j'espère qu'ils ont fini par se retrouver vraiment. Avant...avant son départ...

Je l'ai remerciée. Pour son accueil, pour toutes ces informations, pour m'avoir offert ces quelques images du souvenir qui m'en disaient un peu plus sur Léonard, sur cette époque. Au moment de partir, Betty m'a demandée un service :

— J'irai le voir. Quand ? Je ne sais pas encore mais j'irai le voir. En attendant, pouvez-vous cacher ça sur sa tombe. Elle ne me quittait pas quand j'étais petite, durant toutes ces années passées au foyer.

Elle posa au creux de ma main une petite chaînette en argent.

— C'est promis, ai-je répondu. Et quand vous descendrez lui rendre visite, appelez-moi à ce numéro. Vous dormirez à la maison. Nous irons le voir ensemble.

En bas, sur le trottoir, j'ai pris une profonde inspiration. Sans bouger. Puis, je me suis grillée une clope en regagnant ma voiture. Le temps de la réflexion. Du constat. J'en avais fini avec le Nord-Pas-de-Calais. Inutile d'aller arpenter le port pour voir de plus près où mon Léonard avait travaillé. Ni découvrir la plage qu'il foulait au cours de ses parties de pêche. Il me fallait remonter le temps, remonter le cours des choses. Encore. Redescendre toutes ces années. Derrière le volant de ma vieille Panda, comme à l'heure de mon départ trois jours plus tôt, je pris une décision devenue évidente en l'espace de quelques secondes. Je devais partir rejoindre le sud. Je devais partir à Bormes-les-Mimosas.

XX

J'ai repris le volant, déjà fatiguée à l'idée même de retraverser la France. Et sur cette autoroute bordée de paysages identiques, mornes plaines, étendues infinies, j'ai pensé à tout ce que j'avais appris en soixante-douze heures sur Léonard. Léonard, dit Léo, responsable logistique durant vingt ans à la conserverie Montgilain, peintre amateur mais terriblement doué, le cœur sur la main, qui donna pendant trois ans des « cours » pour gamins pas vernis dans un Institut spécialisé. Léonard qui venait tout droit de Bormes-les-Mimosas, de chez son grand ami Jacques, décédé, chez qui il a vécu un temps avant son arrivée sur Boulogne. Léonard peu bavard, préférant tendre l'oreille pour recevoir la parole de l'autre plutôt que de causer de lui. Un gars qui s'est attaché à la jeune Betty, comme un papy bienveillant, lui témoignant affection et soutien sans faille. Présent sans être envahissant. Léo qui aimait les balades de bord de mer, les parties de pêche et de pétanque. Un type fidèle en amitié. Léonard le secret, discret sur sa famille, sur sa vie très privée. Un fils absent, une relation difficile. Pourquoi ?

Voilà ce que je savais désormais de mon Léonard. Je découvrais cet homme, à titre posthume. C'est étrange ce sentiment d'apprendre à connaitre quelqu'un, le découvrir peu à peu alors qu'il n'est plus. Je me suis mise à délirer, à imaginer que Léo m'observait de là où il était. Curieux et amusé par ma démarche, spectateur du déroulement à l'envers de sa propre vie, comme on feuillette un album de vieilles photos en se remémorant les instants qu'elles ont figés pour toujours. Léonard tout près de moi, le sourire au coin des lèvres, le regard ému, participant involontairement à mon jeu de pistes irrationnel.

J'ai jeté l'éponge quelque part entre Lyon et Valence. Ras-le-bol. Impossible d'engloutir encore le moindre kilomètre. J'ai trouvé un Formule 1 de zone industrielle. Un havre de paix… Plus de quoi faire la fine bouche.

C31. C'était le numéro de mon box. Enfin…de ma « chambre ». Rien de plus impersonnel qu'un hôtel Formule 1. Rien de plus déshumanisant qu'un hôtel Formule 1. Rien de plus pathétique qu'un hôtel Formule 1. Rapidement, je me suis sentie gagnée par le spleen. Une chute de moral comme on parle d'une chute de tension. Un véritable trou d'air au fond de ma cellule mortifère.

Oui, à cet instant précis je me suis demandé ce que je foutais là. Ma quête prenait-elle des allures de dérive ? Je me suis sentie seule. Je me suis sentie conne. Et le visage de Léonard m'est soudain apparu. Sa silhouette et sa bonhomie derrière la petite table au fond du café. En avait-il connu lui-aussi des moments de doute et de solitude ? Avait-il vécu ce même sentiment d'isolement au milieu de tous ? Cet anachronisme ? Cet épais brouillard aussi flippant qu'aveuglant ?

J'ai marché un peu le long de ce parking de zone industrielle. « Une façon supplémentaire de se faire du mal, ma pauvre fille ? » me suis-je dit. Et puis j'ai juste avalé un centième café-de-distributeur-automatique-qui-ne-rend-pas-la-monnaie avant de monter m'étaler sur ma paillasse aux odeurs synthétiques. C31. Couloir jaune.

Ma nuit fut agitée, découpée, incomplète. Vers deux heures du matin, un couple s'est mis à baiser comme des bêtes dans la chambre d'à côté. Un truc de malade à réveiller les morts. Lui, visiblement en grande forme et elle, grimpant aux rideaux sous des cris indéfinissables. J'ai tapé au mur. J'ai tambouriné plusieurs fois contre cette cloison de pacotille jusqu'à entendre des rires étouffés qui peu à peu ont laissé place à un truc ressemblant au silence.

Oui, ce fut une drôle de nuit. Une nuit de motel américain. Une nuit de bord d'autoroute. Un classique du genre…

XXI

— Allô ? Mademoiselle Palisson ?

— Oui.

— Bonjour. Madame Berthier de *Bankéo.* Je vous appelle pour faire le point sur votre situation puisque votre compte présente un solde débiteur depuis quarante-huit jours…

— Heu…oui…

— Vous avez peut-être retrouvé du travail ?

— Heu…non…

— Une prochaine rentrée financière ?

— Ben…non plus.

— Bon. Comment comptez-vous régulariser cette situation Mademoiselle Palisson ?

— Je…je ne sais pas trop…

— Vous savez que vous avez dépassé depuis longtemps votre autorisation de découvert ?

— Oui.

— Je suis désolé Mademoiselle mais le blocage de vos moyens de paiement a été enclenché. C'est une situation préoccupante qui ne peut pas perdurer, vous comprenez bien ?

— Attendez, attendez. Ça signifie que ma carte bleue va être bloquée, c'est ça ?

— Hé oui malheureusement et il vous est déconseillé d'utiliser votre chéquier qui provoquerait fatalement une interdiction bancaire.

— Mais à partir de quand ?

— Dès à présent Mademoiselle Palisson…

— Ah merde ! Putain, c'est pas vrai ?! Mais je fais comment moi ? J'ai même pas de liquide. Je vis comment ?

— Oui c'est très délicat mais…c'est la procédure. Si votre compte ne repasse pas en positif, il n'y a rien à faire. Je vous le répète, le montant de votre autorisation de découvert est largement dépassé depuis bien longtemps...

— Non mais vous vous rendez compte si je n'ai plus rien ? Je fais quoi ? Je fais comment ?

— Je suis désolée Mademoiselle. A mon niveau, je ne peux rien faire de plus.

J'en aurais chialé. De tristesse, de colère, de rage. J'ai rassemblé mes affaires et j'ai aussi rassemblé mes idées par la même occasion. Constat amer. Qu'avais-je réussi à mener durant ces dernières années ? Que retenir de ce parcours chaotique ? Où en étais-je aujourd'hui de ma vie ? Mon existence ne ressemblait pas à grand-chose. Ma situation était aussi creuse et vide que mon porte-monnaie d'aujourd'hui. Oui, je n'avais rien construit, je n'avais rien gardé. Je flottais toujours au gré de mes humeurs, en perpétuelle apesanteur, incapable de me poser pour affronter la réalité. Pour choisir ma vie. Difficile de se bouger quand tout vous paraît lourd. Le poids du concret qui vous plombe inlassablement. Finalement si. J'avais peut-être esquissé un choix dans ma putain de jeune vie : celui de ne pas en faire. De ne pas vouloir en faire. Rien ne m'éveille, rien ne me tient en haleine, rien ne me fait saliver. Rien ne me met en joie dès le premier pas matinal posé. Rien ne m'absorbe. Rien ne m'anime de l'intérieur, rien ne me procure les fourmillements du plaisir. Rien ne me laisse détendue sur la couche la nuit venue, les étoiles plein les yeux clos. Le rêve éveillé. Oui, rien ne me tient éveillée. Et j'en oublie alors tous mes rêves dès les premières lueurs de l'aube. Comme si je ne pouvais même pas me les offrir en cadeau. Juste cela. De simples rêves...

J'ai repris la route en croisant les doigts pour que le contenu du réservoir de ma vieille Fiat suffise à me tirer jusqu'à Bormes-les-Mimosas. Je me sentais nouée, crispée par l'angoisse de l'inconnu. Pas celui de ma prochaine étape, non. Mais celui caché derrière mes problèmes personnels qui s'amoncelaient, mes tourments perpétuels et désormais, mes déboires existentiels, mes soucis du « comment vais-je vivre demain ? ». Sur l'autoroute, j'ai mis ma putain de fierté au fond de ma poche et j'ai tenté d'appeler ma mère. Répondeur. Je n'ai pas eu envie d'expliquer quoi que ce soit à une boîte vocale...

J'ai laissé ma voiture au pied de Bormes. Soulagée. J'avais tenu la distance. Je l'avais garée dans un coin tranquille car je savais déjà que ma prochaine nuit se résumerait à sa banquette arrière. Et bien évidemment le ventre vide. *Combien de temps pourrai-je tenir ainsi ? Combien de temps avant de lancer des S.O.S ?* Je sentais les battements de mon cœur claquer au fond de ma gorge et le corps tout entier inondé d'une chaleur peu commune. Pas le moindre grain de vent. On se serait cru en plein juillet. La salive me manquait. Je montais lentement vers le haut du village, en son point culminant, par instinct.

Bormes-les-Mimosas. Sa beauté authentique. Son atmosphère. Le vieux Bormes, ses maisons de tuiles roses. Je ne me souvenais plus. Nous y étions venus en famille. C'était il y a longtemps. J'ai arpenté les ruelles sans trop savoir, jusqu'à ce que je croise un ancien, assis sur une murette, une vielle casquette vissée sur le crâne et une canne en bois entre les mains pour partager le poids des années. L'instinct, oui, encore une fois. Car la place en question n'était plus très loin. J'étais tombée juste, une fois n'est pas coutume. Le soleil n'en finissait plus, brûlant les vieilles pierres des murs endoloris comme aux plus belles heures de l'été. Un truc inhabituel, baigné par un calme bienfaisant, une ambiance presque feutrée digne d'un lieu de recueillement. Rien de solennel mais une atmosphère qui appelait à la sérénité absolue, au silence retrouvé. Je me souviens m'être dit: « *c'est comme un endroit qui vous attendait* ». Étrange remarque puisque j'avais fait tous ces kilomètres pour me rendre au domicile d'une personne disparue depuis plusieurs années. Que pourraient bien m'apprendre les nouveaux propriétaires ? Qu'allaient-ils bien pouvoir me dire sur ce Jacques Baudrieu?

J'ai bloqué sous le charme de cette Place Chapon, de sa vieille fontaine et de son magnifique magnolia. Quelque chose de suranné s'en dégageait. Un parfum d'autrefois. J'avais le sentiment de pénétrer dans un espace préservé, détaché d'un monde trop rapide et trop bruyant. J'ai repéré le numéro 4, sa porte en bois et ses deux fenêtres de part et d'autre, aux volets clos. Y avait-il quelqu'un ? Cette maison était-elle tombée entre les mains de touristes retraités qui ne la fréquentaient que trois ou quatre semaines par an au beau milieu de l'été ? Bêtement, j'ai plongé la main dans mon sac pour y retirer mon carnet et m'empresser d'y noter :

« *Est-il possible de se perdre au milieu de rien ? Hanté par ce qui nous habite ou confondu par ce qui nous fait défaut ? Virevolter comme un derviche-tourneur, s'étourdir à s'engourdir. Une promenade immobile, sur le fil, sans limite. Attendre le matin clair, l'écaille du jour, la lueur prometteuse. L'attendre, enivré par le vertige ultime, attiré par la chute, grisé par les vapeurs mélancoliques des beautés perdues. L'attendre comme le premier baiser* ».

J'ai entouré mon vieux calepin de son élastique, pris une profonde inspiration et appuyé sur le bouton du numéro 4. La sonnette, pourtant électrique, avait le son d'une ancienne cloche d'école, le bruit métallique et carillonnant qui résonne sous les préaux. Pas de réponse. Hésitante, j'ai pourtant tenté une seconde fois. Un grincement, des pas sourds et lointains puis le tintement des clefs au creux de la serrure. J'ai avalé péniblement ma salive juste avant que la porte ne s'ouvre laissant apparaître une dame d'un certain âge portant chapeau de paille. J'en fus presque décontenancée.

— Bonjour Madame. Je...je suis désolée de vous déranger. Je m'appelle Ombretta Palisson. Je...savez-vous si un certain Jacques Baudrieu a vécu dans cette maison ?

La vieille femme m'a regardée avec des yeux ronds, visiblement surprise.

— Oui, oui, il a bien habité ici. Vous le connaissiez ?

— Euh…non, non, je ne le connaissais pas mais…c'est un peu compliqué…j'ai connu un très bon ami à lui. Son meilleur ami je crois et…

— Léonard ?! C'est ça ? Vous connaissiez Léonard ?

— …Oui, Léonard, mais comment vous savez que…

— Je suis la sœur de Jacques. Entrez mais entrez donc ! Bon sang de bonsoir…

XXII

Hébétée, j'ai pénétré dans ce long couloir au carrelage noir et blanc, suivant cette femme inconnue, comme je l'avais fait en arpentant le corridor de mon hôtel de Boulogne-sur-Mer, derrière ma tenancière d'un autre temps. Comme une scène qui se rejoue, après la première prise. Pourtant cette fois, au bout de ce petit tunnel, point de vitre blafarde mais un lumineux jardin.

— Nous serons mieux ici n'est-ce pas ? Il faut profiter de ce temps merveilleux m'a-t-elle dit.

La terrasse de pavés ocres et bruns surplombait de trois marches ce magnifique jardin ombragé, peuplé de buissons d'églantine et de chèvrefeuille, d'arbres fruitiers, de massifs colorés, de glycines courant le long de treilles enchevêtrées. Un véritable écrin, un dédale harmonieux qui donnerait sans douter à n'importe quel gamin l'envie folle de jouer à cache-cache ou aux couples d'amoureux d'un autre siècle de se rejoindre en secret. J'étais comme fascinée par ce décor, par la douce élégance qui s'en dégageait. A l'ancienne, la dame m'a proposée une citronnade. C'était touchant. Elle a déposé également sur la table ronde en mosaïque une demi-tarte aux pommes.

— C'est incroyable, c'est vraiment incroyable, répétait-elle, c'est…insensé. Racontez-moi si vous voulez bien. C'est tellement incroyable. Vous habitez près d'ici ?

— A Brignoles.

— Mais oui, forcément ! Comme Léonard. Mais comment l'avez-vous connu ?

En quelques mots, je lui ai retracé nos cafés partagés, nos chemins croisés chaque matin, les mots échangés, les facéties, les sourires avec mon Léonard. Oui, « mon » Léonard désormais. Il s'était glissé à mes côtés depuis plusieurs jours, comme un fidèle camarade, un compagnon de route indispensable. C'était bizarre mais c'était comme ça.

— Voilà. Ma démarche est singulière pourtant c'était plus fort que moi. Mais vous étiez à l'enterrement de Léonard ?

— Oui, j'y étais bien sûr. Comment ne pas l'être ? Je comprends votre réaction. Elle est belle même. Je pense que nous avons beaucoup de choses à nous dire, à nous raconter encore. Il faut m'appeler Suzanne, hein ? Pas de chichi entre nous…

Mon téléphone a sonné : ma mère qui me rappelait. Je me suis excusée auprès de mon hôte, il me fallait impérativement décrocher et expliquer ma situation. Je me suis éclipsée dans le couloir. Au bout du fil, ma mère en panique m'a mitraillée de questions. Fatalement.

— A Bormes ? Mais tu vas bien ? Dis-moi si tu vas bien.

— Oui maman, ça va, je vais bien. C'est…

— Et tu rentres quand, hein ? Tu as eu Mathieu ?

— Oui je l'ai eu. Je ne sais pas encore quand je rentre mais justement…je n'ai plus grand-chose. Enfin…plus beaucoup d'argent et tu sais ce que c'est…avec les banques…

— Tu n'as plus d'argent ?! Mais comment tu vas faire ? Tu es à l'hôtel ?

— Non, je ne suis plus à l'hôtel. Je… Maman, est-ce que tu peux me faire un mandat ? Me l'envoyer à la poste de Bormes-les-Mimosas ? Je te rendrai à mon retour. Pas beaucoup, juste un peu, comme tu peux.

Elle a eu du mal à comprendre, à me suivre une fois de plus dans mes décisions les plus déroutantes. Elle s'en voulait peut-être. Elle se demandait probablement ce qui avait cloché pour moi, ce qui avait bien pu lui échapper au fil de toutes ces années.

Je me souviendrai longtemps de ce 17 mai. De ce jour-là. Je ne l'avais pas vu venir. J'avais bien senti l'impasse, le malaise, l'incertitude, les questions sans réponses, oui, cela je l'avais bien senti. Mais je pensais m'en accommoder. Je pensais continuer à vivre avec ça et trouver peu à peu le moyen d'écarter ces petits soucis qui me préoccupaient régulièrement. Rien de grave. Arrêter de s'écouter, de ruminer ses petits bobos.

Et puis ce 17 mai, en ce jour lumineux et chaud, au fin fond de ce vieux Bormes-les-Mimosas, j'ai raccroché mon téléphone portable. J'ai parcouru ce couloir, foulé d'un pas fébrile ces dalles bicolores aux allures d'échiquier pour retrouver Suzanne, debout sur la terrasse ombragée. Elle m'a regardée. Avec un truc dans les yeux. Un truc plein de gentillesse, de certitudes et de compréhension. Elle m'a dit presque gênée :

— Je…je vous garde à la maison, hein ? On en a encore mille choses à se dire, pas vrai ?

C'est à ce moment précis que j'ai senti le glissement rapide et entier. Pas une fêlure, pas un craquement. Mais un effondrement intérieur. Quelque chose qui vous lâche d'un coup, pleinement, totalement. Impossible de lutter, de faire face, d'être forte ou de faire belle figure. Non. C'est un séisme, une émotion incontrôlable. Un truc qui vous déborde et qui vous engloutit. Un sentiment qui vous dépasse, qui vous submerge. Une perdition. Le sol qui se dérobe. Le « moi intérieur » qui s'écroule et la carapace qui vole en éclats.

J'ai senti les larmes monter. Impossible de me défendre. Et abattue, plantée sur cette terrasse, les bras sans vie, le corps tout entier sombrant sous le poids de ce déluge inconnu, j'ai fondu en sanglots, sans excès, juste un flot étouffé, incontrôlé, comme s'il fallait se rendre, déposer les armes, se montrer nu jusqu'au cœur de la chair. Debout, vide, dépouillée en m'accrochant au regard de cette Suzanne au chapeau de paille.

XXIII

Je suis restée un long moment chez Suzanne. Pas loin de quinze jours en réalité. Un peu plus peut-être.

Je me suis toujours refusé à croire à ces perceptions optimistes de la vie. A ces élans explicatifs qui trouvent un sens à tous. Ces jolies petites phrases bien calibrées qui donnent le tempo : « *Il n'y a pas de hasard. Juste des coïncidences* », « *Les choses n'arrivent jamais sans raison* », « *La vie réserve parfois bien des surprises* » ; Non. Moi, bêtement, platement, j'ai toujours pensé que la vie était linéaire. Bien loin de ces clichés à la con. Sans effets à la noix. Sans hypothèses qui rassurent. Non. Moi j'ai toujours pensé qu'on était du bon ou du mauvais côté, calé sous une bonne étoile ou un nuage de plomb, enfin que ça souriait ou pas, quoi. Juste une question de place, là où le destin a posé notre cul. C'est tout. Une question de place. Assis sur un banc côté Nation ou de l'autre côté de la voie, direction Trocadéro, le trottoir d'ici ou la rue d'en face. Bref, rien de magique ou d'énigmatique. Rien de bien passionnant somme toute. D'ailleurs je me souviens encore de ces mots couchés sur mon premier petit carnet noir, à quinze ans, perdue dans mon pensionnat. Ces premières sensations de l'existence, plutôt froides et sans enthousiasme :

« *De sombres destins. Des coups du sort qui claquent comme des coups de ceinture aux battements réguliers, aux douleurs répétées. Des moments de vérité plus graves encore. Les nuages grisâtres, lourds et épais comme un mauvais tissu, qui vous assomment. Inlassablement. Aucune lueur à l'horizon. Seuls quelques éclairs fugaces qui retiennent parfois le souffle. Trois fois rien. Comme un décor funeste. Ne croyez pas que l'on s'y fait. C'est juste qu'on s'habitue à regarder tomber la pluie* ».

Et pourtant…

Treize. Voilà, exactement. Treize jours passés chez Suzanne. Treize jours qui resteront marqués au fer rouge, vif et incandescent sur ma peau de farouche adolescente attardée. Treize jours sur vingt-cinq ans qui m'ont touchée au plus profond de moi, qui sont inscrits à jamais dans le carnet de mes souvenirs. Une empreinte, une flamme, une force, une caresse, une jolie pierre qu'on garde au fond de la poche, indispensable et inexplicable. Oui, avec Suzanne je me suis plantée. Sur tout. Sur moi-même. Sur la vie. Une tendre claque. Une leçon. Trois fois rien pour elle mais l'horizon tout entier pour moi. Je ne pourrai jamais oublier. Jamais. Ces treize jours comme une parenthèse hors du temps, hors de tout, hors de moi. Suzanne m'a tout donnée, sans le savoir. Sans même s'en rendre compte. Je la bénis aujourd'hui. Encore et toujours. Jusqu'à la fin. Suzanne de Bormes-les-Mimosas. Une bénédiction. Une si belle personne. Oui, voilà. Quelle autre expression si claire, si pure, si légère et si lumineuse que « belle personne » pour décrire cette femme et lui rendre tout cet amour ? Aucune autre.

Et la première nuit passée dans cette chambre donnant sur le jardin enchanté. Une première nuit dans la chambre d'ami où flottait comme une odeur de santal et de bois vieilli. Quelques fleurs séchées, une étagère garnie de livres anciens aux reliures dorées, un vieux fauteuil en cuir aux accoudoirs usés, une photo sous verre de Port-Grimaud accrochée au mur jaune paille, un confiturier en pin où trônait la statue en céramique d'une femme nue à genoux et ce lit à armatures métalliques, comme les lits des pensionnats d'autrefois, habillé d'un jeté écru finement brodé.

Une première nuit de sommeil en pointillé, une nuit de torpeur embuée sur mon matelas d'écolière. Une nuit d'abandon, seule avec moi-même, où rien n'est mesuré, où l'on ne se reconnaît plus.

« *J'ai le sommeil gorgé d'eau* » disait Murat dans l'une de ses chansons. « *Paradis perdus* ». J'ai écouté ce titre des centaines de fois depuis…

***

Les deux premiers jours, nous avons beaucoup parlé Suzanne et moi. Enfin, moi, plus timidement. Forcément… Alors, mon hôte au chapeau de paille a pris le relais, m'invitant subtilement à la découvrir. Une façon de ne pas m'accabler avec mille questions de merde. Du reste, dès le lendemain de mon arrivée, fracassée par cette nuit tourmentée, elle eût l'intelligence et la délicatesse de me dire :

— Bonjour… Les nuits difficiles méritent toujours un petit-déjeuner de coton, pas vrai ?

J'ai trouvé ça joli et je me suis assise. Presque sans un mot. Comme un cadeau, comme une pause réconfortante après un effort de tous les diables, après une course éreintante qui vous laisse sans jus. Ma noyade nocturne...

Comme toujours, la seule façon de ne pas me regarder le nombril est de regarder ailleurs. L'autre par exemple. Alors, oui, j'ai fait la connaissance de Suzanne, la fameuse sœur de Jacques.

Une demoiselle de soixante-et-onze printemps dont le récit de l'existence romanesque laisse flotter derrière lui comme un parfum suranné de chez *Guerlain* et vous dépose, les yeux écarquillés et la bouche en « O ».

Suzanne, c'est d'abord un lien très fort avec son grand frère Jacques, une complicité sans borne malgré la différence d'âge. Dès l'enfance, après les premières années écoulées en Charente maritime, les voilà débarqués au cœur de Nice, poursuivant leurs études respectives qui feront du jeune garçon un brillant ingénieur des eaux et forêts et de Suzanne, une infirmière fraîche et pétillante. Seulement Suzanne, ce n'est pas d'emblée la passion des malades qui la transporte. Non, c'est un rêve de toujours qui la guide : Un rêve intime et secret.

— Mon truc, c'était la chanson, me confia-t-elle avec un tendre sourire. Alors, j'ai enfumé mes parents en leur disant que j'avais obtenu un très bon poste à Paris, à la Salpêtrière. En réalité, je suis montée à la capitale avec Louise, mon amie musicienne, une guitariste extra. Je ne sais plus quel bobard elle a fait avaler de son côté à ses parents mais au printemps 67, nous débarquions à Paris, au cœur du VIème arrondissement, avec trois francs six sous en poche. Quelle aventure…

Et puis ont démarré les petits boulots dans la journée et les brefs passages dans les bars ou cafés concerts parisiens le soir et même tard dans la nuit. Suzanne avait trouvé un job de vendeuse en boulangerie. C'est au cours d'une de ses journées anodines qu'une rencontre a finalement bouleversé sa vie et le cours de son destin.

— C'était en février. Il faisait un froid de canard. Je me souviens qu'à l'époque, on jouait au chapeau chez *Boudard*, un petit café d'autrefois du côté de la rue Quincampoix. Les journées à trimer pour payer le loyer et faire le plein du frigo semblaient souvent interminables. Et les nuits terriblement courtes ! Et puis il est entré dans la boutique, patientant discrètement derrière une dame plus âgée mais…comment ne pas le remarquer ? Il portait un long manteau chiné et un feutre sur la tête. Il avait une classe folle. J'avais l'impression de rencontrer en chair et en os un de ces grands acteurs américains. Une allure à la *Cary Grant*. Oh si vous l'aviez vu ! Lorsque ce fut son tour, il commanda une baguette et une part de Saint-Honoré. Je m'en souviendrai toujours. Il l'a fait avec un accent qui m'a surprise. Un accent italien, plutôt prononcé mais dans un français impeccable. Il m'a offert un large sourire quand je lui ai rendu sa monnaie et je suis restée quelques instants sur mon nuage juste après son départ. Une rencontre déstabilisante, vous savez, de celles qui vous font aimer la vie et vous rendent éternellement amoureuse. Bref, il est sorti, je me suis remise tant bien que mal au travail et deux minutes plus tard, j'ai entendu un bruit de tôle et de métal. Mon instinct d'infirmière fraîchement diplômée n'a fait qu'un tour. J'ai pointé immédiatement le nez dehors et j'ai vu une grosse voiture grise au milieu de la route Un motard était couché par terre, sur le flan. J'ai cru un instant qu'il était mort tant ce bruit métallique résonnait encore au creux de mes oreilles. Je me suis approchée de lui pour constater son état et fort heureusement, seuls la cheville et le genou semblaient touchés. Fracture multiple de la jambe gauche, à l'évidence. Focalisée sur mon blessé, je n'ai pas remarqué immédiatement l'automobiliste impliqué dans l'accident. Il était là, penché derrière moi, inquiet, concerné, impliqué. Ce fameux conducteur n'était autre que mon mystérieux italien. Mon client de Saint-Honoré. Alessandro. Alessandro Perglioni. C'était son nom.

XXIV

Y'avait des confitures. Une de coing et une autre de cerise noire. Faites maison, de l'année dernière sans doute. Ou bien avant encore. Du thé, du café et du lait chaud. Une motte de beurre demi-sel. De larges tartines de pain de campagne. Une carafe de jus d'orange. Des pommes nichées dans une corbeille. Et même des noix et des amandes grillées. Oui, y'avait tout ça pour mon premier petit-déjeuner chez Suzanne. Moi, j'avais pour habitude d'engloutir une saloperie quelconque composée d'un maximum d'acides gras saturés, debout dans la cuisine de mon appart, avec un demi-litre de café à la main. Les petits déjeuners, rien à foutre. Pourtant là, j'ai mangé comme un ogre, avec un appétit sans nom que je ne me connaissais pas. J'ai mangé avec un infini plaisir, en écoutant Suzanne me parler de son Alessandro, sur cette terrasse léchée par un insolent soleil matinal. Je me sentais bien, enveloppée, à l'abri de tout.

Alessandro Perglioni, Un cousin de la famille Fracasseti. Grande famille de la haute bourgeoisie de Bergame. Oui, Suzanne était tombée sur un noble italien, un type de classe internationale qui jouait dans la cour des grands, un authentique prince du sérail. La chanteuse vendeuse en boulangerie, infirmière de son état, amoureuse d'un cador italien. Un véritable conte de fée.

— Ensemble, nous sommes allés à l'hôpital prendre des nouvelles du jeune motard et puis, de fil en aiguille, nous ne nous sommes plus quittés. C'était inexplicable. Le plaisir d'être à ses côtés. J'aurais pu faire n'importe quoi pour passer quelques minutes avec lui. Nous nous retrouvions après la fermeture de la boulangerie, les soirs de relâche. D'ailleurs ces soirs de relâche sont devenus de plus en plus nombreux. Chez *Boudard*, on cherchait à « varier » la programmation. Alessandro m'emmenait au restaurant, au cinéma, au music-hall, dans des endroits insolites, des brasseries d'une autre époque, des bars méconnus à l'ambiance feutrée, aux décours rouge carmin, aux volutes de cigares cubains. Un univers ouaté, surprenant, beau, étrange et facile tout à la fois. Lors de mes journées de repos, nous avions l'habitude d'arpenter le quai Malaquais, chinant au gré des étals des bouquinistes. Nous remontions par la rue des Saints-Pères et souvent, nous nous arrêtions dans un petit café, toujours le même, pour boire un chocolat chaud et discuter pendant des heures. Oui, c'était une époque magique, des moments délicieux, une folle insouciance. J'étais emportée, transportée par cette existence de bohème, cette vie sans les tracas du lendemain, légère et presque romanesque. Peu importait le reste, la réalité quotidienne. Tout devenait évident et c'était si bon... D'ailleurs, j'étais loin de me douter qu'il allait me cueillir par un bel après-midi d'avril avec sa proposition qui me coupa le souffle : *Suzanne*, avait-il commencé avec ses *u* qui sonnaient comme des *ou*, *Souzanne, viens avec moi en Italie. Viens vivre avec moi là-bas. Tu feras ce qu'il te plaira : chanter, danser, soigner, m'aimer... Peu importe. Tu vas adorer l'Italie. Je te ferai adorer l'Italie, tu verras.*

Et j'ai suivi mon "Cary Grant de Lombardie", sans hésiter une seule seconde. J'ai tout plaqué en l'espace de trois jours. Ma pauvre Louise et notre chambre de bonne. Un amour de fille qui m'a dit : *Fonce ! Tu es jeune, tu es belle et surtout, tu es amoureuse. Alors oui, fonce nom de Dieu !* Et ma petite boulangerie et son patron qui n'a rien compris à ma subite décision : *Vous me laissez tomber comme un flan !* Pour un pâtissier, il avait su choisir ses mots. Mais oui, c'était comme ça. Ma vie devait se poursuivre là-bas, en Italie, à Sirmione, sous d'autres cieux, vers d'autres horizons. Je ne savais pas de quoi demain serait fait. Je savais seulement que cet homme était fait pour moi. Et qu'il ne pouvait rien m'arriver de mieux... Vous allez me prendre pour une folle, n'est-ce pas ?

Elle m'avait arrachée un sourire, le premier depuis un bon moment. Elle avait aussi suscité chez moi, en l'espace de quelques minutes, une admiration sans bornes. Je trouvais ça dingue. Conduire sa vie comme ça, décider de cette manière, se faire confiance. Suivre ce qui est bon pour soi, ce qui nous anime et nous fait vibrer. Sans se soucier de rien, sans se poser dix mille questions. Etre persuadée que le meilleur reste à venir. Non vraiment, moi ça me sidère. Ça me tue tellement c'est beau et gonflé à la fois. Trintignant se disait dans *Un homme et une femme* à propos d'Anouck Aimée et de son « je vous aime » :

« *C'est beau quand même d'envoyer un télégramme comme ça, y faut avoir du culot, hein ? C'est vrai non, c'est extraordinaire qu'une femme belle vous envoie un télégramme comme ça. C'est merveilleux. Moi jamais j'aurais fait un truc comme ça. C'est formidable de la part d'une femme, c'est formidable. Quel courage !* »

Elle m'a fait penser à ce genre de femme inspiré des films de Lelouch. Belle, pétrie d'émotions, profondément humaine, profondément amoureuse...

***

Ma première douche chez Suzanne avait été comme un soulagement de tous mes maux nocturnes. Mes muscles endoloris et crispés des spasmes de la nuit s'étaient peu à peu détendus sous le jet tiède au milieu de ces cloisons de verre et la salle de bain inondée de soleil m'avait comme réchauffée d'un je-ne-sais-quoi. Je n'étais pas chez moi, je pénétrais dans l'intimité d'une inconnue, je laissais mon corps tout entier se draper d'une atmosphère étrangère et pourtant, il y avait un sentiment d'apaisement, de douce chaleur, de quiétude qui m'allait bien, qui me faisait du bien. Oui, c'était ça, se faire du bien. Ces mots revenaient comme un refrain, une rengaine qui vous martèle le cerveau.

Cette première journée chez Suzanne s'écoulait au ralenti. Je nourrissais des émotions intérieures plutôt bizarres. D'un côté la gêne naturelle qui survient lorsque l'on partage le quotidien de quelqu'un que l'on ne connait pas et de l'autre, le sentiment particulier de glisser sur une pente douce où il n'est nul besoin de s'expliquer, de justifier. Seulement goûter aux heures proposées qui s'égrènent comme une évidence.

J'ai voulu débarrasser mon petit-déjeuner mais elle m'a dit :

— Oh non, non. Laissez.

Alors, égoïstement, j'ai obéi. Et je suis descendue dans le jardin. J'ai effleuré les lacets de glycines, fait courir mes doigts le long des chèvrefeuilles en avançant d'un pas lent, flottant, baissant doucement la tête pour éviter certaines arcades végétales, baignée par des parfums insolites et sucrés, aux odeurs de frangipane et de citron mêlées. J'étais pieds nus et l'herbe courte me rafraîchissait déjà. Au détour des arbustes ou des fruitiers en fleurs, le soleil me caressait le visage, par intermittence. J'entendais le piaillement aigu des oiseaux qui semblaient se répondre comme pour signaler ma présence. Je me suis arrêtée et j'ai fermé les yeux pour me nourrir d'une énergie jusqu'alors inconnue, un souffle nouveau. Je me sentais gagnée par une douceur inédite, fragile et singulière. Un truc qu'il faut saisir sous peine de le voir s'envoler sans un mot. Un sentiment profond de détachement et d'authenticité. C'était bon. C'était si nouveau et inhabituel pour moi. J'étais comme aspirée par cette atmosphère particulière. Oui, à cet instant, plus rien ne me semblait important. Seulement ce vent léger du matin qui vous parcourt la peau en vous laissant le grain subtil du frisson, le sentiment d'être en vie, au cœur d'une nature sincère et bienveillante. En réalité, l'essentiel était là. Juste sous mes pieds, au creux de mes chevilles fatiguées, baignées par la première rosée.

XXV

Le mercredi matin, nous sommes descendues au village pour le traditionnel marché. Un marché du mois de mai où la vie, déjà très présente à cette époque, s'épargnait pour quelque temps encore l'asphyxie estivale provoquée par la horde de touristes en bermudas et claquettes. Nous y sommes allées à pied, comme deux vieilles copines, avec le grand cabas en coco tressé, chapeau sur la tête et lunettes de soleil.

Sur la route, Suzanne égrena ses souvenirs et ses douces années aux côtés d'Alessandro. Son arrivée à Sirmione dans cette grande maison au bord du lac de Garde : « Un décor enchanteur et une douceur de vivre semblable à nulle autre pareille » me confia-t-elle.

Certes, Alessandro était issu d'une grande famille bourgeoise, aux aïeux nobles et aristocrates mais il ne l'affichait pas et ne s'en vantait jamais.

— Il a toujours été comme ça. C'était un homme simple et cultivé. Il respectait les principes et les traditions portés par sa famille mais ne s'y est jamais laissé enfermer. Il était le plus mesuré de la fratrie. Son grand frère, Gabriele, de sept ans son aîné, était nettement plus à cheval sur les protocoles. Un homme pas très rigolo, marié à une femme coincée qui rêvait d'une nouvelle monarchie et qui, à n'en point douter, se serait bien vue Duchesse de Lombardie. Un couple étouffant qui me plombait dès qu'il me fallait partager avec eux le moindre déjeuner familial. A l'inverse, le petit dernier, Paolo se balançait royalement des conventions de tous poils. Il devait avoir un peu plus de vingt ans lorsque j'ai débarqué à Sirmione. Il passait plus de temps dans les virées avec ses potes qu'à l'université ou au sein du giron familial. C'était un phénomène celui-là ! Alessandro avait beaucoup d'affection pour lui. Trois frères, trois caractères différents, trois façons de voir les choses…

— Et vous vous êtes habituée tout de suite là-bas ?

— Mon Dieu, oui ! Le cadre était si exceptionnel. Je n'étais pas enfermée dans une prison dorée vous savez ! Certes les problèmes d'argent n'existaient pas mais nous avions une vie plutôt normale. Alessandro faisait partie de plusieurs conseils d'administration. Il intervenait beaucoup dans la culture, la communication et les œuvres sociales. Il m'emmenait souvent dans ses déplacements, ses participations au sein de certains mouvements, ses engagements pour d'importantes fondations. De mon côté, j'ai très vite travaillé pour différentes associations. Des abris de jour pour personnes en difficultés, des dispensaires où j'exerçais à l'occasion mes talents d'infirmière. J'ai travaillé également au centre culturel de Vérone. J'y ai rencontré des artistes, des peintres fabuleux, des musiciens, des comédiens talentueux. Non, vraiment, je ne me suis jamais ennuyée. Tout est passé si vite. La vie passe tellement vite…

Elle marqua une pause pour choisir les fromages et plaisanter avec le jeune commerçant qui semblait bien la connaître. Je l'ai regardée de profil. Son grand chapeau de paille, son rire chaleureux, ses gestes gracieux et précis. Suzanne respirait la joie de vivre, l'éternel optimisme. Elle symbolisait à elle seule le charme de la vie, l'importance des choses sans importance. La Dolce Vita peut-être…

— Il est sympa le petit Marco. C'est le fromager. Je connais bien sa maman. C'est une ancienne institutrice. Avant lui, on avait une grande gueule en guise de vendeur de fromages. Un gars antipathique au possible. Un gros bonhomme à moustache qui connaissait tout sur le monde et vous parlait comme on aboie. Il a disparu de la circulation depuis deux ans. Faut dire qu'il était aussi commerçant qu'un huissier. Avec le petit Marco, on a gagné au change ! Et question fromage, on peut lui faire confiance. Vous aimez le roquefort ? Tant mieux. Vous goûterez celui-là et vous m'en direz des nouvelles. C'est du petit Jésus en culotte de velours…

Elle me prit soudainement par le bras et nous remontâmes le long de ces ruelles colorées où flottait dans l'air comme un étrange parfum de liberté.

XXVI

Je m'étais remise à manger. Je m'étais remise à cuisiner aussi. Enfin…à aider Suzanne à la cuisine, au milieu de fous rires et d'anecdotes italiennes. Je m'étais surtout remise à lire. Un roman d'Hemingway, *Paris est une fête*, que Suzanne m'avait prêté. Je m'écoutais. Je m'écoutais vraiment. Une petite musique douce que j'entendais du fond de moi-même et qui collait parfaitement à ce décor satiné, patiné par les effets du temps. Oui, je trouvais au cœur de cet endroit comme un refuge. Un refuge de quoi ? Je ne le savais pas. Pas encore. Je goûtais simplement à ces instants minuscules et feutrés qui déposaient sur moi le voile d'un bien-être inconnu presque déconcertant. J'avais du mal à réaliser ce qui m'arrivait réellement. Mais au fond, je m'en foutais de me sentir incapable de rationaliser ces sensations. Le vide en moi s'était installé depuis l'autre jour. Depuis ma chute. Et j'avais le sentiment de déguster les choses comme pour la première fois, à petites gorgées pour en mesurer toutes les saveurs. Un truc troublant, inexplicable. Ma présence dans cette maison, le sourire de Suzanne, l'herbe foulée dans son petit jardin d'autrefois, le soleil des beaux jours, la chambre des occasions avec son lit de pensionnat, tout cela concourait à mon nouvel état. Comme en apesanteur…

Souvent, l'après-midi, nous avions pris l'habitude Suzanne et moi de nous installer sous l'olivier d'un autre âge pour prendre le thé ou sa fameuse citronnade. Désormais, j'en connaissais un rayon sur les amours de mon hôte mais cependant, une question ne cessait de me brûler les lèvres :

— Suzanne, c'est sans doute très indiscret de ma part mais…aujourd'hui vous vivez à Bormes et…

— Et Sirmione alors ? C'est ça la question, pas vrai ? avait-elle anticipé avec un léger sourire.

— Oui mais…enfin si je suis trop curieuse, n'hésitez pas à…

— Mais non Ombretta. Cela n'est pas un secret, vous savez.

Elle fixa un moment sa tasse de thé posée sur la petite table ronde, comme perdue dans ses pensées. Son léger sourire ne l'avait pas quittée.

— C'était l'été 1992. Nous avions loué avec quelques connaissances, une jolie villa sur les hauteurs d'Ancona. Il faisait un temps magnifique. Les journées s'écoulaient au rythme des baignades à la plage, des parties de cartes ou de tennis, des barbecues, du farniente au bord de la piscine, des promenades, des séances de pêche. Tout cela dans la bonne humeur, le plaisir d'être ensemble. Alessandro avait terminé son match de tennis avec son ami Giovanni. Il devait être 18h. Un peu plus peut-être. Les hommes se sont douchés. Les femmes avaient fait des tartes à la tomate et aux oignons pour l'apéro. Quelques connaissances nous avaient rejoints. Giovanni a allumé le barbecue. Une belle côte à l'os nous attendait. Nous avons pris l'apéritif en riant aux éclats. Alessandro faisait le pitre comme d'habitude, avec ses imitations à pleurer, parfois debout sur sa chaise. Il était comme ça. Il animait les soirées comme personne. Et puis, en fin de repas, alors que chacun discutait avec son voisin de table, il s'est écroulé. Sa tête est tombée dans l'assiette, c'était la panique. Pendant que Carola appelait les secours, j'ai tenté un massage cardiaque. Je savais ce qu'il se passait. J'ai essayé de le ramener, sans relâche, jusqu'à l'arrivée de l'équipe médicale. Mais c'était trop tard, trop brutal. Il est décédé cet été-là, d'un arrêt cardiaque, au milieu de ses amis, face à la mer. Voilà. Je suis restée une année encore à Sirmione mais sans conviction. Les rapports familiaux étaient glacials. Je me suis sentie peu à peu esseulée, le cœur n'y était plus. Je devenais progressivement une étrangère, en l'absence d'Alessandro. Alors je suis rentrée en France, au Lavandou, dans un appartement minuscule. Mais je n'ai pas eu le temps d'avaler mon chagrin. Quelques mois après, Jacques a déclenché sa maladie, cette pourriture de crabe que, là encore, personne n'avait vu venir. J'ai emménagé chez lui. Il vivait seul depuis sa séparation avec Françoise, dix ans plus tôt. Le cancer l'a emporté en moins de quatre mois. Un truc foudroyant qui ne lui a jamais permis d'espérer. Il avait 54 ans. Depuis sa mort, en 1994, je n'ai plus quitté cette maison. Seule mais remplie de tous ces souvenirs. Avec Alessandro, nous avions bien tenté d'avoir un enfant mais il n'est jamais arrivé. C'est le destin. Ainsi va la vie.

Je suis restée sans voix. Aucun mot ne me venait. La désolation et la tristesse me serraient la gorge. J'avais envie de prendre Suzanne dans mes bras mais contre toute attente, c'est elle qui posa délicatement sa main sur la mienne. Elle fit la grimace et me susurra délicatement :

— J'ai fait des encornets farcis pour ce soir. C'est ma spécialité. Vous me direz ce que vous en pensez…

***

Mon adorable mère m'avait envoyé un mandat de quatre cents euros. J'étais sur le cul. Ça faisait une sacrée somme. Je lui ai adressé un petit sms pour la remercier et la rassurer par la même occasion. C'est le seul et dernier message que j'ai envoyé jusqu'à mon retour. Je n'arrivais pas à appeler Mathieu. Le courage et le cœur me faisaient défaut. Ni même mon petit frère, c'est dire. « Du temps. Encore un peu de temps ». Je ne cessais de me le répéter. Depuis mon arrivée, j'étais gênée de ne pouvoir participer financièrement aux courses. Cela me dérangeait au plus haut point. Alors cet « argent de poche » allait me donner l'occasion d'apporter ma contribution à la vie de la maison.

— Et puis quoi encore, s'était offusquée Suzanne. Une invitée est une invitée. Et vous êtes mon invitée !

— Ça me gêne vraiment Suzanne. Et d'ailleurs, vous pouvez me tutoyer maintenant...

—Tut tut tut, il n'y a pas de gêne à avoir. Et puis toi aussi tu peux me tutoyer. J'aurais l'air un peu moins vieille !

Alors nous nous sommes tutoyées, nous avons encore appris à nous connaître, je me suis mise à parler un peu de moi. Des fragments de vie évoqués avec retenue tant il est difficile de se raconter lorsqu'on est handicapée de la parole. Mais la confiance était là, auprès de cette fameuse Suzanne et mes mots timides et maladroits se sont mis à couler.

Bien sûr, je savais qu'il me faudrait partir sous peu. Pour ne pas abuser de la gentillesse de cette femme et parce que je devais reprendre le cours de ma propre vie. Au fond, j'avais déboulé chez elle comme une morte-vivante et j'en avais profité pour m'effondrer comme une merde. Ça faisait un peu beaucoup à bien y regarder.

Nous avons passé des heures et des heures à papoter sur nos existences. Elle m'avait confié l'histoire de sa vie et je lui avais bafouillé la mienne. Un paradoxe puisque ce qui nous rassemblait, l'objet de notre rencontre improbable s'était dissous au gré de nos discussions fleuves. Léonard. Notre Léonard.

Lors d'une fin de journée au vent tiède, Suzanne m'avait emmenée sur la Place de l'Isclou d'Amour. Une place enchanteresse qui domine tout, les toits du village, la mer au loin, offrant une vue imprenable sur le port de Bormes, les Iles de Levant et Port-Cros. Magnifique. Je ne le savais pas encore mais c'était là mon avant-dernier jour aux côtés de ma nouvelle amie. Assises sur un banc, nos regards perdus vers la Méditerranée, j'ai repris naturellement le fil d'une conversation qui semblait s'être arrêtée depuis un bon moment. Comme s'il avait fallu marquer une pause pour aller ouvrir à la porte d'une inconnue qui venait de sonner...

— Suzanne, tu as bien connu Léo, n'est-ce pas ? Et Jacques et lui étaient de grands amis, c'est bien ça ?

— Ah ça oui, je l'ai bien connu mon Léonard. Tu sais, une gamine de sept ou huit ans qui s'agrippe aux baskets de deux grands dadais qui font les quatre-cents coups, ça crée des liens ! C'était un gamin adorable. Il avait quatre années de plus que Jacques mais ils partageaient les mêmes jeux, les mêmes passions. Ils étaient inséparables. Leur amitié était telle que lorsque nous avons déménagé sur Nice avec ma famille, les deux compères continuaient à se voir durant les vacances, en partant chez l'un chez l'autre. Ils s'écrivaient aussi, ils s'adoraient…

— Attends attends Suzanne, j'ai dû rater un épisode. Léonard habitait bien Bormes-les-Mimosas, c'est ça ?

— Mais non, jamais de la vie. Nous avons passé tout notre première jeunesse ensemble. Il était de chez nous, de Charente ! Nos familles habitaient l'île d'Oléron. Les obligations professionnelles de mon père nous ont conduits à Nice bien plus tard mais Léonard, lui, est resté là-bas. Il a fait sa vie à Oléron. Il y a rencontré Yvette sa femme qui habitait St-Denis mais travaillait à Rochefort. Et puis ils ont eu Pierre, leur fils, en 61 je crois. Ensuite la petite Florence est née, huit ou neuf ans plus tard. Sa vie, c'était Oléron et ses bateaux.

— Ses bateaux ?

— Oui. Il avait deux bateaux de pêche à La Côtinière, une petite ville portuaire de l'île. La pêche, c'était toute sa vie. C'était un passionné.

— Je ne savais pas. C'est une surprise pour moi. Quand il s'est installé à Boulogne-sur-Mer, on m'a laissé entendre qu'il venait de Bormes. C'est pour ça, je ne comprenais pas…

— Ahhh oui, ça c'est vrai. Avant de monter dans le Nord, Jacques l'a effectivement accueilli durant près d'un an, ici, dans cette maison. Après le drame, il était seul et perdu. Sa vie s'était effondrée. Jacques ne pouvait pas le laisser comme ça. Il se devait d'être là pour lui, au nom de leur amitié. C'était si déchirant, tellement terrible et injuste…

— Pardon Suzanne mais…je n'y comprends rien. Le drame ? Quel drame ?

— Ah mais…ça aussi tu ne savais pas ? Oh mon Dieu…

XXVII

— On le prend aussi, ça ?

— Oui on va le prendre.

— Et ça papa, je peux prendre ça ?

— Si tu veux ma chérie.

Ils avaient vidé une bonne partie du coffre. Les cannes à pêche, bien sûr, mais aussi le panier en osier avec les sandwichs, la grande épuisette, deux seaux et la grosse caisse en bois pour les appâts et les hameçons. Ils avaient rejoint le ponton ouest, là où se trouvait le vieux bateau cabine. C'était la première fois. Pour elle. Malgré la peur, l'appréhension de la mer, elle était excitée comme une puce. Lui ça l'avait fait sourire. La voir avec sa petite vareuse mauve, chargée comme une mule était touchant. Cela aurait méritait une photo. Pour immortaliser cette sortie vers le « grand large ».

— On va voir des requins, tu crois ?

— Hé hé peut-être, oui. Ou des baleines.

— Il ne faut pas qu'elle mange ma canne à pêche, pas vrai papa ?

— Non, bien sûr que non.

Ils étaient montés à bord de l'embarcation. Ils avaient déchargé le matériel. Dans la cabine, il avait décroché le petit gilet de sauvetage de la patère et lui avait enfilé.

— Ah mais c'est tout serré ce truc. Et puis c'est pas beau.

— Oui mais c'est obligatoire mon cœur.

— Et toi ton manteau pour la mer à toi, il est où ?

— Le mien n'est pas très loin. Mais souviens-toi, c'est moi le capitaine ici, hein.

Il faisait plutôt beau malgré quelques moutons qui jouaient à cache-cache avec le soleil. Henri était de retour avec sa barque. Il longea l'embarcadère et les salua.

— Salut Léo !

— Salut Henri. Alors, c'est la pêche miraculeuse ?

— Bof. Cinq, six maquereaux et un joli bar. Pas de quoi faire un festin.

— Hé ben c'est déjà pas si mal !

— Ouais… mais y'a un petit grain du côté de l'embouchure. Ça souffle un peu, ça doit effrayer le poisson !

— Possible. Le principal c'est que tu en aies laissé un peu pour les autres !

La remarque les avait fait rire. Pendant la discussion, il avait allumé le moteur et commencé la manœuvre. La petite s'était accrochée à l'avant du bateau.

— Ouuuh, ça bouge ! avait-elle crié avant d'éclater de rire.

Ils avaient quitté le port, tout droit vers le cochonnet. A chaque vaguelette, ses éclats de rire redoublaient de plus belle. Il lui souriait, lui faisait un signe de pouce en réaction à ses surprises. C'était bien de partager tout ça avec elle. Il s'était dit, lorsqu'il avait eu l'idée de cette sortie quarante-huit heures plus tôt : « *elle verra vraiment à quoi ça ressemble, depuis le temps* ».

Au bout d'une vingtaine de minutes, ils s'étaient arrêtés. Le moment fatidique, l'instant crucial pour mesurer, en l'espace de quelques instants, si on a réellement le pied marin ou pas. A l'arrêt, même sur une mer plutôt calme, ça tangue un peu. Le tournis, il faut l'apprivoiser. Mais elle était déjà prête à en découdre avec ses requins et ses baleines.

— Je veux mettre la canne, papa ! Je veux la mettre !

Il s'était exécuté le plus rapidement possible, avait enfilé l'appât à l'hameçon tout en lui expliquant les principes de base qu'elle n'écoutait déjà plus. Du poisson, elle voulait du poisson.

Elle avait senti les touches, le frétillement du bouchon. Plusieurs fois le gredin s'était régalé sans se faire prendre. Plusieurs fois le fil avait cassé. La pêche c'est aussi ça. Réparer, remonter, relancer. C'est parfois un peu longuet. Surtout pour une enfant de sept ans. Elle s'impatientait, retirait fréquemment son gilet parce qu'elle avait chaud ou parce qu'il la serrait bien trop fort. Il fallait sans cesse la reprendre.

Pour la énième fois, la touche avait avalé l'appât. Il avait cherché dans la caisse pendant que la fillette tapait avec sa canne dans la mer.

— Florence, tu vas faire peur aux poissons à force de taper comme ça dans la mer…

— Mais non, je vais les assommer papa. Tu verras, après ce sera plus facile avec l'épuisette.

Bon sang, où était-elle cette maudite boîte à vers de terre ? Agenouillé, la tête dans la caisse, il farfouillait tout au fond en se demandant si Pierre ne lui avait pas piqué. Il entendait la canne à pêche de sa fille- devenue bâton ou massue pour l'occasion- claquer à la surface de l'eau sur un rythme régulier. *Merde cette boîte ! Il l'aurait laissée dans le frigo ? Dans le tiroir du bas du frigo ? Mince, quel con ! Pourquoi n'avait-il pas vérifié avant de partir ?* Non, il l'avait, c'est sûr. Il l'avait embarquée en chargeant le coffre. Il se souvenait d'avoir vu le couvercle rouge en plastique. Il se figea quelques secondes pour réfléchir. Le silence l'avait frappé. Instantanément. Par instinct, il s'était retourné et la première chose qu'il vit fut le petit gilet de sauvetage jaune, posé à même le sol. Il s'était levé d'un bond, avait crié « Florence ! », s'était précipité à l'arrière du bateau, là où trente secondes plus tôt, elle tentait encore d'assommer ses poissons. Rien. Personne. Aucun remoud particulier à la surface de l'eau, ni tourbillon, ni bulles. Rien de rien. Il avait crié de plus en plus fort, hurlé à s'en arracher les cordes vocales.

— Flo ! Florence !

Et ce silence assourdissant en guise de réponse.

Il avait fait le tour du bateau et avait aperçu la canne à pêche flottant à quelques mètres. Il avait plongé sans réfléchir, longé la coque de l'embarcation, examinant les fonds marins tous les cinquante centimètres. Le sel lui brûlait les yeux. A chaque remontée, il s'époumonait comme un forcené. La peur, les larmes, le désespoir lui martyrisaient la voix.

— Flo ! Florence ! Flo !

Ce jour-là, il y avait un léger grain. Toute la journée, le soleil s'était amusé avec les nuages. C'était vraiment un temps idéal pour une sortie en mer.

XXVIII

Je suis restée un moment la main sur la bouche, sans doute pour étouffer mes mots d'effroi. J'étais consternée. Les images s'entrechoquaient dans ma cervelle. Celle de Léonard à l'Improbable, sirotant tranquillement son café, celle d'un homme plus jeune entouré par des enfants perdus au milieu de tubes de peinture, celle d'un homme marchant le long de la digue d'une immense plage du Nord, celle encore d'une fillette aux yeux d'ange souriant à la vie à bord un bateau d'une blancheur immaculée. Oui, tout se mélanger, comme un pêle-mêle de clichés sans nom. Impossible pour moi de faire le lien entre ce vieux monsieur âgé bienveillant, fatigué et cet homme plein de vie, ce papa fauché par la douleur de son enfant disparue. Une distorsion cérébrale. L'incapacité mentale d'admettre cette déchirante réalité, faisant de ces deux hommes la seule et même personne. Suzanne a bien sentie mon émotion. Elle a continué son récit d'une voix mesurée, avec toute la délicatesse que je lui connaissais aujourd'hui :

— Avec sa vieille radio bricolée, il a averti la capitainerie. Les secours ont fait le maximum. Des plongeurs sont même intervenus. A cet endroit, on le sait, les courants existent. Même à quelques miles de la côte. Ils sont tourbillonnants et traîtres. Le corps de Florence n'a jamais été retrouvé. Cela a été terrible. Pour tous. Yvette, la maman de Flo, était anéantie. Elle ne s'en est jamais relevée. Elle était brisée de l'intérieur. D'aucuns diront qu'elle s'est laissé mourir de chagrin. Je le crois. Elle ne mangeait plus, ne parlait plus. Elle devenait peu à peu l'ombre d'elle-même. Elle s'est éteinte un an plus tard, presque jour pour jour après la disparition sa fille. Quant à Pierre, le grand frère, c'est la colère nourrie d'une peine sans nom qui l'a guidé. Il en a voulu à son père. Injustement bien sûr. Il lui a reproché d'avoir embarqué Florence en mer, la jugeant encore trop petite pour une balade de ce genre. Il lui en a voulu énormément, ne pouvant lui pardonner ces quelques secondes d'inattention. Il a été très dur avec lui, l'accablant à la fois de la perte de sa sœur et estimant aussi qu'il avait fait mourir sa mère de tristesse. Il a rejeté ce père, coupable à ses yeux de la perte de ses deux êtres chers. Il avait dix-sept ans quand sa maman est partie. Six mois plus tard, il s'engageait dans l'armée. Quant à Léonard, je ne sais pas comment il a fait pour tenir. Il était rongé par la culpabilité. Jusqu'à la fin, je crois qu'il ne s'est jamais pardonné. Il a encaissé la disparition des deux femmes de sa vie. En l'espace d'une année, son existence a basculé. Sa famille a volé en éclats. Jacques lui a proposé de venir ici, à ses côtés. Pour ne pas rester seul, pour ne pas s'enfermer dans son chagrin sans fin. Il a fini par accepter. Rester à Oléron devenait insupportable. Sans rien effacer de ses souvenirs, il ne pouvait plus vivre au milieu de ces images d'autrefois. Il a rapidement revendu son entreprise, ses deux bateaux si chers à son cœur dans une autre vie et il est arrivé à Bormes. La suite, tu la connais…

Oui la suite je la connaissais. Mais j'étais à mille lieues d'imaginer découvrir cette sombre histoire de vie en remontant le temps. Avec très peu de mots, nous sommes rentrées à la maison, d'un pas plus chargé qu'à l'aller. Le mistral s'était levé. Le ciel s'était assombri et quelques gouttes éparses coloraient nos vêtements de taches sombres et irrégulières.

Chez Suzanne, j'ai déposé ma veste humide dans la chambre. Comme un vieux réflexe, j'ai fouillé au fond de mon sac pour y retrouver mon carnet noir. Je n'avais plus rien écrit depuis des jours. Bizarrement quelques mots me sont venus, guidant mon stylo pour déposer sur la feuille blanche un drôle de truc, à contre-courant de mon humeur du moment :

«*La vie comme un éternel concours de circonstances.*
Avec la circonstance reine,
La circonstance première dauphine,
La circonstance deuxième dauphine,
Puis la troisième dauphine,
La quatrième
…
A quoi ça tient tout ça ? Une simple histoire de concours ?

La vie serait donc un grand paquet de circonstances, prêtes à tout pour unir leurs efforts et couronner nos existences de merveilleuses récompenses ou de prix… à payer indéfiniment».

XXIX

Une journée blanche s'est écoulée, une de celles où l'on n'y arrive pas, où tout n'est que paralysie et immobilité. Ces blanches journées où toute idée devient impossible, où réfléchir demande un effort sans nom, où tout n'est que transparence, sans consistance. Le temps s'évapore et les minutes se noient sans qu'il vous soit possible de vous en imprégner. Laisser filer les heures et faussement s'en vouloir. L'anesthésie est parfois si folle et si douce.

Je savais pourtant que la jeunesse fracassée de Léonard allait me perturber et me suivre quelque temps. Une journée blanche comme un état de choc. Rassembler des morceaux d'histoire qui font toute une vie. Cette sensation frustrante de découvrir le générique de fin, de se réveiller après une immersion inconsciente.

Cet après-midi-là, Suzanne m'a montré quelques photos griffées par le temps. C'est drôle finalement de sentir le parfum des époques en fonction de la qualité des photographies, de leur papier, de leurs couleurs. Ces bouts cartonnés ou plastifiés qui dévoilent de façon impudique les instants cachés de l'autre, de tant d'autres et de tant d'inconnus. Sur certaines aux contours blanchâtres et ondulées, j'y ai vu des enfants jouaient dans les rues en noir et blanc sur des pavés poussiéreux qui contrastaient avec les façades plus claires des maisons basses. Des enfants en culottes courtes et aux cheveux ébouriffés ou soigneusement gominés. J'ai découvert de jeunes garçons se chamaillant, faisant les guignols sur de vieilles bicyclettes à sacoches. Puis, le temps avançant, des clichés aux tons passés, aux couleurs jaune moutarde et vert olive bariolant des pull-overs à cols roulés, des chandails jacquard et plus rarement des vestes en tweed. Ces adultes partageant à l'occasion les repas d'été en riant sur des terrasses, des bambins plein les bras ou d'autres grimaçant dans leurs chaises hautes. Oui, j'ai vu toutes ces photos, celles des années heureuses et insouciantes, celles qui se défendent de penser à demain, celles de la belle époque que l'on ne savoure jamais assez.

Le lendemain matin, j'ai rassemblé mes affaires. Une fois de plus. J'ai fait le tour de la pièce pour vérifier si je n'oubliais rien. J'ai jeté un dernier regard à cette « chambre d'amis » à la *Biolay* et refermé la porte doucement. Suzanne avait préparé le petit-déjeuner, comme le premier matin, comme si je venais d'arriver. Il s'en était pourtant passé des choses en l'espace de quelques jours. Je m'étais effondrée en franchissant le seuil de cette porte. Perdue depuis des années sans doute. Et je repartais aujourd'hui, nourrie de mille petits riens à la valeur inestimable et chargée de l'histoire de mon Léo à m'en craquer le cœur. De quoi s'en étonner, encore et encore.

— Bon, tu es sûre ? Tu ne veux pas rester quelques jours de plus ? Tu sais que tu ne me déranges pas, hein ?!

— Oui je sais Suzanne, tu es gentille mais il est peut-être temps que je rentre maintenant. Je crois qu'il me faut reprendre les choses là où je les ai laissées. D'ailleurs si ça continue, ils vont tous finir par m'oublier du côté de chez moi !

J'ai pris ce dernier petit-déj en me promettant désormais de faire un effort sur mon premier repas du matin. Dans le couloir, pour la première fois, j'ai serré dans mes bras ma dame au chapeau de paille, cette belle âme qui m'avait devinée comme personne, à qui je devais pour toujours ces instants riches et rares de tant d'authenticité. Suzanne qui m'avait fait un bien immense sans le mesurer réellement.

— Je reviendrai Suzanne. Promis. Tu peux me faire confiance. Mais moi aussi, je veux que tu viennes chez moi. Finalement, on est presque voisines…

— Mais j'espère bien que tu reviendras. Et si tu viens me chercher par le train, alors oui, je débarquerai un de ces jours.

— Je serais là sur le quai. Merci Suzanne. Merci pour tout.

— Si ça ne va pas, tu m'appelles, hein ? Tu as mon numéro. Et surtout, prends soin de toi. Toujours.

Quand je me suis retournée au bout de la ruelle, elle me faisait encore de grands signes de la main. Jusqu'au bout, elle semblait me porter son attention bienveillante. Et lorsque quelqu'un veille sur vous de la sorte, je crois bien que plus rien ne peut vous arriver…

En remontant dans ma vieille Fiat, j'ai décroché un rapide coup d'œil à l'arrière de la voiture, me souvenant avec amusement de mes récentes certitudes. Particulièrement celle de passer ma première nuit sur cette banquette informe aussi confortable que la paillasse d'une cellule de prison nord-coréenne. Mais très vite la réalité me sauta au visage : le clignotant de la réserve d'essence s'était immédiatement allumé dès le démarrage, me rappelant cet état d'urgence absolu pour tout automobiliste téméraire qui se respecte. Par chance, la première station-service m'attendait à moins de cinq kilomètres. La délivrance.

Il me fallut un peu plus d'une heure pour arriver aux abords de Brignoles et apercevoir de nouveau un décor familier. Une sorte de retrouvailles au gré des dernières bornes qui vous donne étrangement l'impression d'être partie durant des années. Pourtant depuis plusieurs minutes, je n'arrivais pas à me défaire d'une idée ou plutôt, d'une envie. Un besoin de voir, de sentir peut-être, de comprendre au plus près. Je ne suis pas sortie à l'endroit du panneau de signalisation indiquant Brignoles. J'ai stoppé net la radio, glissé le CD juste avant de me lancer sur l'A8 direction Aix en Provence. *D'Anvers* éclaboussait à nouveau l'habitacle comme aux premières heures de mon échappée belle. J'avais décidé de rejoindre l'Atlantique. Il me manquait l'épilogue. Je voulais voir cette île. Je voulais voir Oléron.

XXX

Le trajet fut long. Comme toujours. Je suis arrivée à Oléron vers 18h30. C'est amusant car mon premier réflexe fut de chercher des yeux le célèbre Fort Boyard en souvenir de mes années d'enfance. Je ne l'ai pas aperçu tout de suite. Alors j'ai plutôt songé à parer au plus pressé, forte de mes expériences précédentes, et je me suis mise en quête d'un petit hôtel ouvert à cette époque et bon marché si possible. J'ai déboulé à La Côtinère, scrutant le port et la côte par curiosité. La voiture me guidait, comme branchée sur le pilotage automatique. J'ai donc décidé de lui faire confiance en lui donnant carte blanche. Elle s'est engouffrée dans une rue adjacente, plutôt banale, qui laissait présager le demi-tour à coup sûr. Pourtant, contre toute attente, un hôtel sans chichi se confondait au cœur de ce décor citadin. « *Hôtel* La Coursive* ». En voilà un coup de bol !

J'ai pris mes quartiers dans une chambre donnant sur la cour. J'avais envie de manger du poisson et de flâner au gré de ce port de pêche en laissant libre court à mon imagination. Oui j'avais juste envie de découvrir ce lieu inconnu, berceau de mon Léonard. Ne rien chercher, ne rien provoquer mais simplement me laisser saisir par une nouvelle atmosphère. Moi qui durant toute ma petite existence avais voulu garder la main sur tout, maîtriser le cours des choses, c'était à l'évidence une grande nouveauté.

« *Je m'écoute quoi qu'il m'en coûte* ».

La faim me tiraillait. J'avais fait l'impasse sur le repas du midi après le petit-déjeuner gargantuesque de chez Suzanne. J'ai regardé en diagonale le menu affiché sur la vitrine du premier restaurant venu. Les prix me semblaient honnêtes et les plats proposés plutôt sympas. On m'a installée sur une table de deux, face à l'océan. Je me sentais décontractée. Tellement relax que je me suis accordée une vodka en apéro. Une femme qui mange seule dans un restaurant, c'est toujours intrigant. Mais une femme qui mange seule dans un restaurant et qui picole, ça peut vraiment poser question. Mais qu'importe. En regardant de plus près la carte des menus, le nom de l'établissement a eu le don de me faire glousser : « *La gaieté* ». Signe prémonitoire ? Simple clin d'œil ? Retrouver le goût de la joie, la vraie, qui donne envie. L'enthousiasme, le bon côté des choses qui repousse la torture de l'âme. J'ai commandé un filet de lieu noir. Et une demi-bouteille de Riesling aussi, histoire d'asseoir ma réputation aux yeux de tous. L'avantage en cette saison est que les restos sont loin d'être bondés. J'ai terminé ma mousse au chocolat maison tout en réfléchissant au pourquoi de ma venue à Oléron. Constater de visu l'univers de Léonard, le lieu de son enfance, de cette époque heureuse et insouciante des premières années certes, mais aussi si possible y rencontrer Pierre. Ce fils tout déchiré au point de rejeter son propre père durant ces longues années. Etait-ce de la curiosité mal placée ? Le besoin de ressentir ces fameuses circonstances de vie, les émotions qui vous transpercent, les chemins de l'existence à jamais bouleversés en écoutant la parole de celui qui a traversé tout cela ? Peut-être…

Une jeune serveuse sympathique s'était occupée de moi durant tout le dîner. Mais j'avais remarqué côté cuisine ou parfois même derrière le bar un monsieur bien plus âgé. Incontestablement le patron ou le gérant du restaurant. Je savais qu'il fallait m'adresser à quelqu'un de plus « ancien ». Et puis un événement si douloureux sur une île comme celle-là, cela doit fatalement marquer les esprits et les mémoires. Je suis allée régler mon addition au comptoir.

— Ça était ? m'a demandé le patron selon la formule d'usage.

— Très bien, c'était parfait.

— Merci.

Il m'a tendu la soucoupe où trônait ma note plus que correcte. J'ai réglé en espèces (merci maman !).

— A tout hasard, savez-vous où habite Monsieur Ribeyrol ?

— Pierre ? Le fils de Léo ?

— Oui voilà c'est lui.

— Alors en sortant, vous partez sur votre gauche. Vous prenez ensuite la première à gauche. Vous remontez cette rue et tournez à la deuxième, toujours à gauche. Oui je crois que c'est la deuxième. C'est la rue des Écluses, de mémoire. Après, je ne connais pas le numéro exact mais il y a une barrière blanche avec un jardinet devant la maison. Donc gauche en sortant d'ici, puis première à gauche et deuxième encore à gauche. Ça doit être ça. Rue des Écluses. Vous voulez que je vous le note ?

— Merci c'est gentil mais j'ai bien retenu. Merci encore et bonne fin de soirée.

Je n'avais aucune intention de me présenter maintenant. Mais je savais désormais où je devais m'orienter. Je me suis promenée un bon moment au cœur de ce port de pêche aux allures d'écrin maritime. Je n'étais pas la seule à effectuer une balade digestive. J'ai pris le temps de regarder les bateaux, marchant d'un pas lent sur le grand ponton qui s'avançait sur la mer et son phare rouge et blanc en gardien éternel. J'ai fait demi-tour. Quelques étals allumés indiquaient les prémices d'une belle saison touristique. Je suis passée devant un entrepôt au long rideau métallique floqué du nom : « *Molinas & Pêches* ». J'étais persuadée que l'ancienne entreprise de Léonard était ici. Juste là devant moi. Je suis restée quelques instants face à cette porte d'argent, immobile et songeuse, en imaginant le bonheur qui devait l'animer chaque matin dès l'aube quand il levait ce lourd rideau de fer. Quand on est passionné, chaque nouvelle journée est sans doute un nouveau départ. Une énergie heureuse. J'ai pensé fort à lui.

XXXI

— C'est toi qui ramène *Chapiron* ? Il était où ?

Devant le 18 de la rue des Écluses, je fus saisie par la présence d'une tête blonde qui dépassait de trois cheveux le portail en bois. J'ai sursauté tant l'effet de surprise fut garanti.

— *Chapiron* ? Je...je ne connais pas bien *Chapiron.* C'est...

— Il était caché, c'est ça ? Il était caché dans ta maison ?

— Non il n'était pas caché chez moi et en vérité, je ne sais pas qui est *Chapiron*...

Une voix s'est levée soudainement de la maison et un homme est apparu. Il s'est avancé d'un pas rapide.

— Lilou, qu'est-ce que tu fabriques ? Je...ah excusez-moi, je ne vous avais pas vue derrière le sapin...

— C'est la dame qui a trouvé *Chapiron*, papy !

— Ah pardon oui ! Merci d'être venue si vite.

Le quiproquo me mettait de plus en plus mal à l'aise.

— Non je...je suis désolée. Je n'ai trouvé personne. Je ne sais même pas qui est *Chapiron*...

— Oh mon Dieu ! C'est moi qui suis désolé. Ma petite-fille attend de pied ferme la dame qui a retrouvé son chat. Ceci explique cela. Alors par contre, vous devez être...Ombretta, c'est bien cela ?

Je faillis tomber à la renverse pour la seconde fois. Mais comment connaissait-il mon prénom, nom de Dieu ?!

— Suzanne m'a parlé de vous. Allez-y entrez. Lilou, laisse entrer la dame.

Suzanne ? Bien sûr Suzanne. Les bras m'en tombaient. Suzanne avait deviné que je ne pourrais pas terminer mon parcours sans me rendre ici, sur l'île d'Oléron. Et y rencontrer Pierre. Elle le savait. Elle s'en doutait. Trop forte la demoiselle ! Balèze. Si ça ça ne sent pas l'ange gardien, je veux bien me jeter dans le port toute habillée…

Nous nous sommes installés dans un grand séjour lumineux. Pierre m'a proposé un café que j'ai immédiatement accepté.

— Alors comme ça vous connaissiez mon père ? m'a-t-il demandé.

— Connaître…c'est un bien grand mot. Et je le regrette. Je l'ai croisé presque tous les matins ces deux dernières années. On fréquentait le même bistrot et le café du matin, hé bien ça créé des liens. Mais discuter de la pluie et du beau temps, échanger sur l'actualité du moment, plaisanter sur des bricoles, on ne peut pas appeler ça « connaître ». Je l'ai beaucoup regretté. Alors, j'ai voulu en savoir un peu plus sur lui. Tardivement hélas…

— C'est une démarche pour le moins originale. Oui c'est vraiment peu commun…

— Mais je ne veux pas paraître intrusive, vous savez. Loin de moi l'idée de venir vous embêter. C'est vrai qu'en cherchant à mieux le connaître, j'ai appris les…évènements douloureux. Je ne pensais pas à seul instant qu'un tel drame était arrivé dans sa vie. Enfin dans votre vie, je veux dire… Ce…ce n'est pas de la curiosité malsaine de ma part, je peux vous l'assurer. Ah, je ne sais pas si je suis très claire…

— Ne vous formalisez pas, je comprends. Je trouve simplement votre intention touchante et singulière. Personne n'a envie d'étaler sa vie comme ça, sans raison. Et je suis plutôt du genre discret en la matière. Mais Suzanne m'a expliqué votre attachement à mon père et j'ai trouvé votre périple sincère et dénué de mauvaises intentions. Je n'y ai pas vu de « curiosité malsaine » comme vous dîtes. Rassurez-vous.

— J'avais besoin de venir ici pour voir de mes propres yeux cet endroit. La ville de Léonard. Et puis c'est vrai que Suzanne m'a dit que vous étiez venu vous installer à nouveau ici, alors…

— Oui je suis revenu y habiter en 2002 je crois. Il y a un peu plus de douze ans, oui c'est ça. J'ai mis du temps. Beaucoup de temps en vérité. Trop pour certaines choses.

Lilou a débarqué dans le salon pour nous montrer la nouvelle coiffure approximative de sa poupée. Son grand-père l'a félicitée. Puis elle s'est éclipsée aussi vite qu'elle était apparue.

— Vous voyez, ma petite-fille Lilou aura bientôt sept ans. Peu avant sa naissance, j'ai « renoué » avec mon père. Ce fut très lent, très laborieux et très…maladroit. Auparavant, une fois par an, je m'assurais simplement de sa santé auprès de Suzanne. Je sais, ce n'est pas très glorieux mais même si l'intention y était, j'étais incapable de trouver les mots, de le contacter directement. Je n'y arrivais pas. Après tout ce temps, vous imaginez bien… Mais le jour où j'ai su que j'allais devenir grand-père, une fois l'émotion digérée, j'ai pris conscience de pas mal de choses. Beaucoup de recul aussi. A la mort de Florence, j'en ai voulu à mon père. Je le tenais responsable de sa disparition. C'était lui l'adulte, c'était lui qui n'avait pas su faire attention, la protéger, veiller sur elle. Quand ma sœur est née, ce fut un cadeau pour toute la famille. Pour mes parents qui sans doute n'y croyaient plus. Mais aussi pour moi, parce que je n'étais plus seul. Je devenais le grand frère protecteur, le modèle. A l'instant même où elle est partie, j'ai considéré mon père coupable. Coupable de me voler tout cela, juste pour une promenade en bateau. Et puis ensuite, l'enfer des funérailles, l'absence, le déclin, les choses qui ne seront plus jamais comme avant et une mère que je ne reconnaissais plus, semaine après semaine. La perte de ma mère fut terrible. J'avais le sentiment qu'elle était morte pour Florence. Et cet acte d'amour involontaire a provoqué chez moi un sentiment d'abandon incommensurable. Une fois de plus, par effet de ricochet, je tenais mon père comme l'unique responsable de tous nos malheurs. Je n'arrivais plus à lui parler. Il s'était enfermé lui-aussi dans un silence de plomb. Evidemment il était anéanti. Mais je ne le voyais pas ou plutôt, je ne voulais pas le voir. Florence est décédée un mercredi. Ce jour est gravé à jamais dans ma mémoire. Moi je revenais du lycée. Personne ne m'avait prévenu durant la journée. Quand je suis arrivé à la maison, il y avait deux voitures de police et j'ai rapidement compris que c'était pour nous. J'ai d'abord cru que mon père avait eu un accident. Je ne sais pas pourquoi. Et puis, en pénétrant dans ce salon, j'ai vu ma mère effondrée dans le fauteuil et mon père hagard, assis sur une chaise face à deux flics. J'avais seize ans.

Il prit une ou deux gorgées de café comme pour marquer une pause, le regard perdu vers le sol. Je n'ai pas osé ouvrir la bouche. J'ai respecté ce silence, cette mise en éveil des souvenirs terribles. Je l'observais de profil. Il avait la même bouche que Léonard, le même front aussi et une implantation de cheveux identique

— Ma mère s'en est allée un an après. De chagrin certes mais en y réfléchissant, peut-être était-elle déjà malade, rongée par je ne sais quoi. Dans les années 70, la médecine paraissait moins armée qu'aujourd'hui. Avait-elle contracté quelque chose avant le drame ou la douleur s'était-elle chargée de l'emporter sans l'aide de personne. Nul ne sait. Quoi qu'il en soit, je suis parti de la maison peu de temps après son décès. Impossible de rester, impossible de partager ce tête-à-tête avec mon père. Je n'avais plus d'horizon. Ma vie d'avant n'existait plus. Alors je me suis engagé dans l'armée. J'y suis resté cinq ans. J'ai appris un métier, l'informatique. De retour dans la vie civile, j'ai trouvé un emploi d'analyste-programmeur. Puis j'ai rencontré ma future épouse qui m'a donné deux beaux enfants. Et aujourd'hui je suis grand-père ! La vie passe trop vite, bien trop vite. J'ai digéré les choses mais je n'ai rien oublié. Pas une seule journée ne s'écoule sans que je ne pense à Florence. Et à maman aussi.

— Je comprends. C'est…c'est sans doute très indiscret mais vous aviez quel genre de rapport avec votre papa avant…le drame ?

— Mon père n'était pas toujours très doué pour la communication.

Dans ce registre, il était d'ailleurs un peu à la ramasse. Je crois que parler vrai, se dire les choses n'était pas simple pour lui. Il n'avait pas connu cela auprès de ses parents et malgré sa bonne volonté, une pudeur se dégageait lorsqu'on touchait le cœur de la relation. Ce qui était valable pour la relation père-fils l'était tout autant pour celle de mari à femme. Une forme de handicap de la parole. Mais il essayait d'apprendre. Il était de bonne foi. Et surtout, c'était un homme aimant. Profondément aimant. Je ne l'ai pas saisi tout de suite, du haut de mes seize ans. Nos…« retrouvailles » ont été chargées d'émotions. Mais le temps était passé par là. Trop de temps. Que nous ne pourrons plus jamais rattraper désormais. C'est dur tout cela…

Il n'y avait rien à ajouter. D'autant que la cloche avait sonné et que la bonne fée, un dame brune au long manteau, amenait dans le creux de ses bras un certain…*Chapiron.* Je me suis éclipsée en remerciant chaleureusement Pierre pour ces quelques mots et en laissant Lilou toute à sa joie. Une fois sortie, j'ai traversé la petite rue en regardant pour la première et dernière fois cette maison. Celle de léonard, de sa famille, des jours heureux.

XXXII

« *A l'horizontal, bercé de souvenirs. Comme un grand champ d'images, collé à la rétine. Ne pas s'en défaire comme un mauvais rêve. Ne pas s'en charger comme un fardeau sans fin. C'est bien moi sur la photo. A quoi bon tergiverser ? Revoir ce mauvais film en noir et blanc, cette pellicule tremblotante parsemée de rayures diffuses, de taches grisâtres clignotantes et de lumières surexposées. Revoir ce mauvais film si touchant. Oui, c'est bien moi. Il y a eu des rires. Il y a eu des larmes. Les battements de la vie. Mais c'est bien moi, il faut bien l'admettre. Ne pas avoir peur. Surtout ne dis rien, je t'en prie, toi non plus tu ne sais pas. Tu ne sais plus. Je veux continuer à marcher le long de cette côte sauvage aux falaises escarpées. Continuer encore et peut-être même y courir. Ne plus avoir peur... ne plus avoir peur... ne plus avoir peur* ».

C'est toujours une sensation étrange de rentrer chez soi après un longue période d'absence. On se revoit au moment du départ. On se dit qu'après avoir claqué la porte, la pièce est restée silencieuse, sommeillant tranquillement, plongée dans un état de veille involontaire.

Il flottait dans l'air comme une odeur de renfermé, de celle qu'on respire en ouvrant une vieille armoire. Il était tard. Bizarrement, j'ai passé un coup de fil à Mathieu. Sur son répondeur, je n'ai laissé que quelques mots :

— Mathieu, c'est moi. Je suis rentrée. Tu peux m'appeler si tu veux. Quand tu peux.

Et puis je me suis couchée. Vannée comme jamais. Ereintée par tous ces kilomètres de bitume avalés en si peu de jours et courbaturée par le poids de toutes ces émotions vécues.

Le lendemain matin, je me suis réveillée sous le soleil. Une de ces matinées où le simple fait de mettre un morceau de musique cher à votre cœur et de siroter un grand café chaud en regardant par la fenêtre vous transporte. Un petit bonheur tout à fait personnel.

La lumière du répondeur téléphonique clignotait. Je ne m'en étais même pas aperçue. Cela ne faisait pas partie de mes réflexes. Au fil des années, ce combiné d'un autre âge était plutôt devenu un objet de décoration. C'était Victor de « *L'Encrier bleu* ». Il était encore l'un des rares à m'appeler sur le fixe. Une question de génération probablement. Lui non plus n'était pas très à l'aise avec les répondeurs…

— Allô Ombretta ? Ombretta ?... Bon, tu n'es pas là. Je voulais simplement te parler de quelque chose. Ça me trotte dans la tête depuis un moment. Je voulais savoir ce que tu en penses. Si tu peux me rappeler. Bon, voilà. Rien de grave, hein. Et puis j'espère que tu vas bien. J'attends ton appel. Ou sinon je te recontacterai plus tard. Allez, au revoir.

Et vingt secondes après seulement, il avait raccroché. Un peu comme s'il s'attendait à ce que je décroche avant qu'il ne mette fin à la communication. C'est un truc d'ancien, ça.

Je l'ai rappelé. Ce qu'il avait à me proposer me scotcha au mur. Il avait dépassé l'âge de la retraite depuis un bon moment et la fatigue se faisait sentir. Alors il avait imaginé me confier la librairie. Il resterait présent au début avant de me passer définitivement le relais.

— Mais Victor, c'est la librairie de votre vie. Moi je ne peux pas vous la racheter, vous le savez bien.

— Hé alors ? On peut s'arranger. J'ai ma petite retraite. Tu me donneras un peu tous les mois. Comme un loyer ! De toute façon, je n'ai personne. Pas d'enfants qui reprendront l'affaire. Et je n'ai pas envie de vendre à n'importe qui. Je n'ai pas envie de voir ce lieu se transformer en snack ou en pizzeria. On s'arrangera tous les mois je te dis. Passe la semaine prochaine. Vendredi par exemple et on en reparle. Réfléchis. Tu connais mieux cette librairie que personne. Qui d'autre que toi, hein ?

Cette dernière remarque m'avait touchée. Il m'est revenu en mémoire cette image du phare. Je n'avais ni envie de m'emballer, ni envie de contrôler ce sentiment heureux qui m'envahissait. Je me suis servie un autre café en me posant à nouveau à la fenêtre que je venais d'ouvrir. Il devait être bientôt midi. Quelques enfants excités, le ventre vide, revenaient de l'école en chahutant sur les trottoirs. Le vieux con d'en face s'était mis à laver sa voiture, allant jusqu'à cracher sur ses jantes alu pour les faire briller. Apparemment rien n'avait changé. Apparemment.

Et puis j'ai regardé mon téléphone. Je l'ai fixé un bon moment. Lentement j'ai tourné autour de lui en soufflant sur les vapeurs de café brûlant. Un peu comme s'il me fallait l'apprivoiser. Et machinalement, toujours au ralenti, j'ai composé le numéro que je connaissais étonnamment par cœur.

— …

— Allô ?... Allô ?

— …

— Ombretta ? C'est toi Ombretta ?

— … Oui. Oui papa…c'est moi…

A PROPOS DE L'AUTEUR

« L'émoi d'août » (2014) aux éditions Hélène Jacob
« Seul au monde quand on s'appelle Alexis Tatou » (2015) aux éditions Hélène Jacob

Pour suivre l'actualité de Yannick Billaut :
Page Facebook : « Au Clair de la Plume – Yannick Billaut ».

MERCI A VOUS…

Lili - Christophe L. - Anne - Julien - Cathy - Jeannine - Christophe F. - Franciane - Véronique - Nathalie - Céline - Sophie - Martine - Stéphanie - Sandrine - Michel - Marco - Valérie - Georges - Olivier - Vincent - Thierry - Aude - Sabine - Bernard - Philippe - Fanny - Robinson et bien d'autres encore…

14778986R00065

Printed in Poland
by Amazon Fulfillment
Poland Sp. z o.o., Wrocław